JOHN GRISHAM

JOHN GRISHAM

THEODORE BOONE
EL FUGITIVO

Traducción de
José Serra

montena

Título original: *Theodore Boone. The Fugitive*

Primera edición: febrero de 2016

© 2015, Boone and Boone, LLC
© 2016, Penguin Random House Grupo Editorial, S. A. U.
Travessera de Gràcia, 47-49. 08021 Barcelona
© 2016, José Serra Marín, por la traducción

Printed in Spain – Impreso en España

ISBN: 978-84-9043-464-2
Depósito legal: B-25.936-2015

Compuesto en Anglofort, S. A.

Impreso en Liberdúplex
Sant Llorenç d'Hortons (Barcelona)

GT 3 4 6 4 2

Penguin
Random House
Grupo Editorial

PRIMERA PARTE

La captura

1

Aunque las farolas seguían encendidas y la luz del alba aún no despuntaba por el este, el aparcamiento de la Escuela de Enseñanza Media Strattenburg bullía de actividad. Unos ciento setenta y cinco alumnos habían llegado en furgonetas y coches familiares, conducidos por unos padres somnolientos, deseosos de librarse de sus hijos durante unos días.

Los chicos apenas habían dormido. Se habían pasado la noche anterior preparando el equipaje y dando vueltas en la cama. Finalmente se levantaron mucho antes del amanecer. Se ducharon, añadieron algunas cosas a sus mochilas, despertaron a sus padres y tomaron un desayuno rápido. En general, se mostraron más hiperactivos que críos de cinco años esperando a Papá Noel. Tal como les habían indicado, a las seis en punto llegaron todos a la escuela. Allí los aguardaba una escena impresionante: cuatro autobuses largos e idénticos, perfectamente alineados, con las luces resplandeciendo en la oscuridad y los motores diésel ronroneando.

¡Era el viaje de fin de curso de octavo! Seis horas de autobús hasta Washington D. C. para pasar tres días y medio haciendo turismo cultural y cuatro noches haciendo travesuras en un gran hotel. Para pagarlo, los alumnos habían trabajado muy duro durante meses: vendiendo rosquillas los sábados por la mañana; lavando miles de coches; limpiando cunetas y reciclando latas de aluminio; pidiendo donaciones a los comerciantes que solían contribuir cada año; vendiendo pasteles de frutas puerta a puerta en Navidad; subastando el viejo equipamiento deportivo de la escuela; celebrando maratones de lectura, de ciclismo o de horneado de pastelillos; y llevando a cabo cualquier actividad medianamente provechosa que hubiera aprobado el Comité del Viaje. Todas las ganancias habían ido a parar a un fondo común. El objetivo había sido alcanzar los diez mil dólares, una cifra que no servía para cubrir todos los gastos, pero que al menos garantizaba que pudieran hacer el viaje. Ese año, la clase había recaudado casi doce mil dólares, lo que significaba que cada alumno debía pagar unos ciento veinticinco dólares extra.

Había unos pocos estudiantes que no podían permitírselo. Sin embargo, la escuela tenía la política de que nadie se quedara fuera. De modo que habían conseguido que todos los alumnos de octavo viajaran a Washington, junto con diez profesores y ocho padres.

Theodore Boone estaba encantado de que su madre no se hubiera presentado voluntaria para acompañarlos. Habían hablado varias veces del tema mientras cenaban. Su padre se había negado rápidamente, alegando como siempre que tenía mucho trabajo. Al principio, la señora Boone había parecido interesada en apuntarse, pero pronto se dio cuenta de que le sería imposible. Theo había consultado en el bufete su calendario de juicios y sabía muy bien que ella debía estar en el tribunal justo cuando él se lo estaría pasando en grande en Washington.

Mientras esperaban parados en el tráfico, Theo, sentado en el asiento delantero, acarició la cabeza de Judge. El perro tenía medio cuerpo sobre el salpicadero del coche y el otro medio sobre el regazo del chico. Judge solía sentarse siempre donde le apetecía, y ninguno de los Boone se lo recriminaba.

—¿Estás emocionado? —le preguntó el señor Boone a su hijo.

Él se había encargado de llevar al chico, mientras que la señora Boone se había vuelto a acostar para dormir una horita más.

—Claro —respondió Theo tratando de disimular su excitación—. Aunque tenemos un largo viaje en autobús por delante.

—Estoy convencido de que todos os habréis dormido antes de salir de la ciudad. Ya hemos hablado de las normas. ¿Tienes alguna pregunta?

—Las hemos repasado un montón de veces —repuso Theo, un tanto frustrado.

Le gustaban sus padres. Eran un poco mayores que los de sus compañeros y, como él era hijo único, a veces se mostraban demasiado protectores. Una de las pocas cosas que irritaban a Theo era su obsesión por el respeto a las normas. Todas las reglas, sin importar quién las hubiera establecido, debían obedecerse a rajatabla.

Theo tenía la impresión de que se debía a que ambos eran abogados.

—Lo sé, lo sé —dijo su padre—. Tú limítate a cumplir las normas y a obedecer a tus profesores, y no cometas ninguna estupidez. ¿Recuerdas lo que pasó hace dos años?

¿Cómo podría olvidar Theo, o cualquier otro alumno de octavo, lo que había ocurrido dos años antes? Dos gamberretes, Jimbo Nance y Duck Defoe, lanzaron globos de agua desde el pasillo del quinto piso al vestíbulo del hotel. No se produjeron daños personales, pero hubo gente que quedó totalmente empapada y se enfadó mucho. Alguien se chivó de los chicos, y sus padres tuvieron que conducir seis horas en plena noche para ir a buscarlos. Y luego otras seis horas de vuelta hasta Strattenburg. Jimbo decía que fue un viaje muy, muy largo. Los dos chavales fueron expulsados durante una semana, y la escuela tuvo que buscar otro hotel para futuras visitas. Aquella travesura se había convertido en una leyenda en la ciudad, y ahora se utilizaba para prevenir y asustar a Theo y al resto de los alumnos de octavo que viajaban a Washington.

Finalmente aparcaron. Theo se despidió de Judge y le dijo que se quedara en el asiento de delante. El señor Boone abrió una de las puertas traseras y sacó el equipaje de su hijo: una bolsa de viaje de nailon que no pesaba más de diez kilos. Cualquier cosa que excediera ese peso se quedaría en tierra (¡una de las grandes normas!), y el chico culpable tendría que viajar sin ropa limpia ni cepillo de dientes. Aunque a Theo eso no le habría preocupado: como boy scout, había sobrevivido en los bosques durante una semana con menos equipo.

El señor Mount estaba de pie junto a uno de los autobuses, provisto de una balanza para pesar las bolsas antes de meterlas en el compartimento de equipajes. No paraba de reír y sonreír, tan emocionado como sus estudiantes. La bolsa de Theo no llegaba a los nueve kilos, mientras que su mochila estaba en el límite de los cinco kilos y medio reglamentarios, así que cumplía los requisitos. El señor Mount comprobó que su bolsa llevara una tarjeta de identificación y luego le dijo que podía subir.

Theo estrechó la mano de su padre, le dijo adiós y se quedó paralizado un momento, aterrado ante la posibilidad de que intentara darle un abrazo o algo peor. Suspiró aliviado cuando el señor Boone solo le dijo: «Pásalo bien. Y llama a tu madre». Theo se apresuró a subir al autobús.

Un poco más allá, las chicas se despedían de sus madres con todo tipo de abrazos y lloriqueos, comportándose como si se marcharan a la guerra y no fueran a volver nunca. En cambio, en los autobuses de los chicos, estos se hacían los duros y trataban de separarse cuanto antes de sus padres con el mínimo contacto físico.

Cuando ya salía el sol, el aparcamiento empezó a despejarse lentamente. A las siete en punto, los cuatro autobuses abandonaron la escuela. Era jueves. El gran día había llegado por fin. Los chicos estaban muy alterados y no paraban de armar jaleo. Theo iba sentado junto a Chase Whipple, uno de sus mejores amigos, al que solían llamar «el Científico Loco». Para impedir que los alumnos se perdieran y vagaran solos por las peligrosas calles de la capital, la escuela había introducido el denominado Sistema de Parejas. Durante los cuatro días siguientes, Theo y Chase irían juntos a todas partes. Cada uno debía saber lo que hacía el otro en todo momento. Theo era consciente de que se llevaba la peor parte en este asunto, ya que Chase solía perderse incluso en el campus de su propia escuela. Mantenerlo vigilado le costaría algún trabajo. Ambos compartirían habitación con Woody Lambert y Aaron Nyquist.

Mientras los autobuses recorrían las tranquilas calles de la ciudad, los chicos charlaban muy excitados. Ninguno había soltado todavía un puñetazo o tirado la gorra de algún compañero. Les habían advertido seriamente sobre las muestras de mal comportamiento, y el señor Mount los vigilaba muy atento. En un momento dado alguien dejó escapar una sonora ventosidad, y pronto otros empezaron a imitarlo. Antes de haber salido de Strattenburg, Theo ya pensaba que ojalá fuese sentado junto a April Finnemore en el autobús de delante.

El señor Mount abrió una ventanilla, y las cosas acabaron calmándose. Al cabo de media hora, los chicos ya estaban dormidos o absortos en algún videojuego.

2

La habitación de Theo estaba en la octava planta de un moderno hotel situado en la avenida Connecticut, menos de un kilómetro al norte de la Casa Blanca. Desde su ventana, Chase, Woody, Aaron y él podían ver la parte superior del Monumento a George Washington alzándose por encima de la ciudad. Según el plan previsto, los chicos subirían a lo alto del monolito el sábado por la mañana. Ahora tenían que bajar a toda prisa y tomar un almuerzo rápido antes de explorar la ciudad.

Cada alumno podía elegir las visitas que quería realizar en la capital. Llevaría un año completo verlo todo, así que el señor Mount y los demás profesores habían confeccionado una lista para que los estudiantes pudieran escoger sus lugares favoritos.

April había convencido a Theo de que visitaran el teatro Ford, el lugar donde Abraham Lincoln fue asesinado. A Theo le pareció una idea interesante, y convenció a su vez a Chase. Después de almorzar, los tres se reunieron en el vestíbulo del hotel con otros quince estudiantes y con el señor Babcock, uno de los profesores de historia. Este les explicó que su grupo era demasiado pequeño para ir en uno de los autobuses, de modo que vivirían la experiencia de viajar en el sistema de transporte colectivo conocido como metro. El señor Babcock les preguntó cuántos habían viajado en metro antes. Solo Theo y otros tres alumnos levantaron la mano.

Salieron del hotel y echaron a andar por una ajetreada acera. Al ser chavales que vivían en una población pequeña, les costaba asimilar el bullicio y la actividad frenética de una gran ciudad . Había demasiados edificios grandes, demasiados coches prácticamente parados en medio del denso tráfico, demasiada gente caminando atribulada por las calles, ansiosa por llegar a alguna parte. En la estación de metro de Woodley Park, bajaron por unas escaleras mecánicas que descendían a gran profundidad. El señor Babcock tenía tarjetas SmarTrip, que permitían a los estudiantes un uso limitado del sistema metropolitano. El vagón al que subieron iba medio vacío y presentaba un aspecto pulcro y eficiente. Cuando se adentraban en el oscuro túnel, April le susurró a Theo que era la primera vez que viajaba en metro. El chico le dijo que él lo había cogido en una ocasión, cuando sus padres lo llevaron de vacaciones a Nueva York, aunque el metro neoyorquino era muy diferente al de la capital.

Cuando el convoy realizó la tercera parada, apenas unos minutos después de que montaran, ya tuvieron que bajarse en la estación de Metro Center. Todos se apresuraron a subir las escaleras y a salir a la luz del día. El señor Babcock contó dieciocho estudiantes. Luego caminaron un rato y, poco después, llegaban a la calle Diez.

El profesor hizo detenerse al grupo y señaló un hermoso edificio de ladrillo rojo situado en la acera de enfrente. Tenía aspecto de ser un monumento importante.

—Este es el teatro Ford —dijo el señor Babcock—, el lugar donde dispararon contra el presidente Lincoln el 14 de abril de 1865. Como todos sabréis, porque habéis dedicado mucho tiempo a hacer vuestros trabajos de historia, la guerra de Secesión acababa de finalizar. De hecho, solo cinco días antes, el general Lee se había rendido al general Grant en el Tribunal de Appomattox, en Virginia. La guerra había acabado por fin, y se respiraba un ambiente de celebración en Washington, así que el presidente y la señora Lincoln decidieron salir una noche. El Ford era el teatro más grandioso y magnífico de la ciudad, y los Lincoln solían asistir a menudo a conciertos y obras teatrales. En aquella época, el teatro contaba con un aforo de dos mil asientos, y las entradas para la obra que fueron a ver, *Nuestro primo americano*, se agotaban cada noche.

Siguieron caminando hasta la mitad de la manzana y volvieron a detenerse.

—Ahora bien —prosiguió el señor Babcock—, puede que la guerra hubiera acabado oficialmente, pero mucha gente no estaba de acuerdo. Una de esas personas era un confederado llamado John Wilkes Booth. Se trataba de un actor muy conocido, incluso se había fotografiado con el presidente Lincoln durante su segunda investidura, celebrada solo un mes antes. El señor Booth estaba furioso porque el Sur se había rendido y estaba desesperado por hacer algo que ayudara a su causa. De modo que decidió asesinar al presidente Lincoln. Como el personal del teatro lo conocía, pudo acercarse al palco donde se sentaban los Lincoln. Disparó al presidente una vez en la nuca. Luego saltó al escenario para escapar y se rompió una pierna, pero logró huir por la puerta trasera.

El señor Babcock se dio media vuelta y señaló con la cabeza hacia el edificio que tenían a su espalda.

—Esta es la Casa Petersen, que en aquella época era una pensión. Trajeron aquí al presidente Lincoln, donde fue atendido por sus doctores durante toda la noche. La noticia se propagó rápidamente. Una multitud se agolpó frente a las puertas de la pensión, y las tropas federales tuvieron que contener a la gente que quería entrar. El presidente Lincoln murió aquí la mañana del 15 de abril de 1865.

La primera lección había acabado. Después cruzaron la calle y entraron en el teatro Ford.

Al cabo de dos horas, Theo ya había recibido suficiente información sobre el asesinato de Lincoln. Era realmente interesante y todo eso, y también era consciente de su importancia histórica, pero ya le apetecía seguir adelante con la visita. Además, la parte que más molaba estaba en el museo, situado bajo el escenario, donde se exhibía la pistola utilizada por Booth.

Eran casi las cuatro y media cuando salieron a la calle Diez y se encaminaron de vuelta a la estación de Metro Center. El tráfico era incluso más denso que antes, y las aceras estaban aún más abarrotadas. El metro que cogieron estaba lleno de viajeros que volvían a casa del trabajo y parecía avanzar mucho más despacio. Theo se encontraba de pie en medio del atestado vagón, junto a Chase y April, mientras el convoy se balanceaba y traqueteaba sobre las vías. Observó los sombríos rostros de los viajeros que estaban a su alrededor: ninguno sonreía. Todos parecían muy cansados.

Theo no estaba seguro de dónde viviría cuando fuera mayor, pero no creía que fuera en una gran ciudad. Strattenburg tenía el tamaño perfecto. Ni demasiado grande ni demasiado pequeña. Sin atascos. Sin bocinazos airados. Sin aceras abarrotadas. No quería tener que ir a trabajar en metro.

Un hombre sentado muy apretujado entre dos mujeres bajó su periódico para pasar la página. Estaba a unos tres metros de Theo.

Aquel tipo le resultaba familiar, extrañamente familiar. Theo respiró hondo y consiguió pasar entre dos pasajeros que estaban hombro con hombro entre el gentío. Si se acercaba un poco más, podría ver el rostro del hombre.

Lo había visto antes, pero ¿dónde? Le parecía que había algo diferente en él, quizá llevara el pelo más oscuro, quizá las gafas de leer fueran nuevas. De repente sintió como un puñetazo en el estómago: aquella cara era la de Pete Duffy.

¿Pete Duffy? El hombre más buscado en la historia de Strattenburg y del condado de Stratten. El número siete en la Lista de los Diez Más Buscados por el FBI. El hombre que había sido acusado de asesinar a su esposa y juzgado en Strattenburg, en un juicio presidido por el juez Henry Gantry y al que habían asistido Theo y sus compañeros de clase. El hombre que había escapado por los pelos de ser condenado cuando el juicio fue declarado nulo. El hombre que había huido en mitad de la noche y del que no se habían tenido noticias desde entonces.

El tipo volvió a bajar el periódico para pasar otra página. Miró hacia donde estaba Theo, escondido detrás de otro pasajero. Después del juicio, Duffy y él se habían mirado directamente a los ojos.

Ahora, Duffy llevaba un bigote salpicado de pelos grises. Su rostro desapareció de nuevo tras el periódico.

Theo se quedó paralizado por la incertidumbre. No tenía ni idea de qué hacer. El metro se detuvo y subió más gente.

Volvió a pararse en la estación de Dupont Circle. La siguiente era Woodley Park. Duffy no daba señales de bajar. Tampoco parecía llevar un maletín, una bolsa o una mochila como el resto de los pasajeros. Theo se abrió paso como pudo hacia el fondo del vagón, apartándose un poco más de sus compañeros. Como de costumbre, Chase estaba perdido en su mundo. Y desde el lugar donde se encontraba ahora no veía a April. Oyó al señor Babcock decir a los estudiantes que se prepararan para bajar. Theo se alejó un poco más.

En la estación de Woodley Park, el metro se detuvo, y las puertas se abrieron. Empezó a subir más gente mientras los chicos trataban de salir. En medio de la confusión, nadie se dio cuenta de que Theo no había bajado del vagón. Las puertas se cerraron, y el convoy arrancó. El muchacho no apartaba los ojos de Duffy, que seguía escondiéndose tras el periódico, una costumbre que debía de haber adoptado en los últimos tiempos. En la estación de Cleveland Park subieron unos cuantos pasajeros más. Theo envió un mensaje de texto a Chase, explicándole que no había podido bajar del vagón, pero que se encontraba bien. Cogería otro metro de vuelta a Woodley Park. Chase lo llamó inmediatamente, pero había puesto el móvil en silencio. Estaba seguro de que el señor Babcock estaría sufriendo una crisis de pánico. Theo devolvería la llamada al cabo de unos minutos.

Empezó a juguetear con su móvil, como si estuviera enviando mensajes o jugando a algo. Encendió la cámara, activó el vídeo y comenzó a explorar el vagón: quería parecer otro chaval de trece años comportándose de forma algo grosera con su teléfono. Pete Duffy estaba a unos cinco metros, sentado tranquilamente detrás de su periódico. Por fin, cuando el convoy se acercaba a la estación de Tenleytown, Duffy bajó el diario, lo dobló y se lo metió debajo del brazo. Y durante unos cinco segundos, Theo consiguió grabarlo en vídeo. Incluso hizo un zoom para captarlo más de cerca. Cuando Duffy miró en su dirección, Theo soltó unas risitas a la cámara como si hubiera ganado algunos puntos en un juego.

En la estación de Tenleytown, Duffy se apeó del vagón. Theo bajó tras él. El hombre caminaba deprisa, como si viviera con miedo a que lo siguieran. Al cabo de unos minutos, Theo lo perdió entre la multitud. Llamó a Chase, le dijo que esperaba el próximo metro y que se reuniría con ellos en quince minutos.

3

El señor Babcock lo esperaba en la estación de Woodley Park y no parecía muy contento. Theo se disculpó repetidas veces, contándole que se había visto atrapado entre la multitud y no había conseguido bajar del vagón a tiempo. No le gustaba mentir. Era algo que estaba mal, él siempre procuraba decir la verdad. Sin embargo, a veces se veía en la incómoda tesitura de tener que enmascarar la verdad cuando había una buena razón para ello. En el metro, Theo había tenido que tomar una rápida decisión: era más importante grabar a Pete Duffy que bajar del vagón cuando debía hacerlo. Si se hubiera apeado con sus compañeros, habría perdido una gran oportunidad de filmar a Duffy con su cámara. Si ahora admitía ante el señor Babcock que se había quedado a propósito en el vagón, las cosas podrían ponerse muy feas para él. No podía contar la verdad sobre Pete Duffy, al menos de momento, porque tampoco sabía qué hacer con esa verdad. Necesitaba tiempo para reflexionar sobre lo ocurrido.

Necesitaba hablar con el tío Ike.

Pero ahora lo primero que tenía que hacer era disculparse ante el señor Babcock, quien además era un tipo bastante nervioso. De vuelta en el hotel, el profesor de historia llevó a Theo ante el señor Mount y, muy alterado, le hizo un detallado informe sobre la fechoría cometida por su alumno. En cuanto el señor Babcock se marchó, el chico murmuró:

—Ese hombre necesita relajarse un poco.

El señor Mount confiaba en él. Sabía que si algún estudiante podía sobrevivir en la gran ciudad, ese era Theodore Boone. Compartía la opinión de Theo respecto al profesor y se limitó a decir:

—No vuelvas a hacerlo, ¿de acuerdo? La próxima vez presta más atención.

—Claro —respondió Theo.

«Si usted supiera...», pensó.

La cena consistió en un banquete a base de pizza celebrado en un salón del hotel. Los asientos no estaban asignados: podían sentarte donde quisieran. Aunque, como era habitual, los chicos ocuparon un lado del salón, y las chicas, el otro. Theo mordisqueó un poco de corteza de pizza y bebió agua de una botella, pero su mente se encontraba lejos de allí. Estaba seguro de haber visto a Pete Duffy. Incluso recordaba su manera de andar cuando lo veía entrar y salir del tribunal durante el juicio. Y el hombre del metro tenía la misma forma de caminar. La misma altura y constitución. Y, sin duda, los mismos ojos y las mismas nariz, frente y barbilla. Antes de la cena, Theo se había encerrado en el baño de su habitación y había visionado el vídeo en su móvil una y otra vez.

¡Había encontrado a Pete Duffy! Aún le costaba creerlo y no estaba seguro de qué debía hacer a continuación, pero en su excitación casi olvida un hecho muy importante. Puesto que Duffy se había fugado, la policía ofrecía una recompensa de cien mil dólares por cualquier información que condujera a su arresto y condena. En su habitación, antes de bajar a cenar, Theo se había conectado a internet y había confirmado la cuantía de la recompensa. La web de la policía de Strattenburg dedicaba varias páginas al caso Duffy y mostraba algunos primeros planos de su cara.

Los teléfonos móviles estaban estrictamente prohibidos durante las comidas: si un adulto pillaba a algún alumno usándolo, se lo confiscaba de inmediato. Por ese motivo, en mitad de la cena, Theo comunicó al señor Mount que necesitaba ir al lavabo, que se encontraba en el pasillo. Una vez allí, se encerró en un cubículo y llamó a Ike.

—Creía que estabas en Washington —respondió su tío.

—Y así es, Ike. Escucha: acabo de ver a Pete Duffy en el metro. Sé que era él.

—Pensaba que habría huido a Camboya o a algún sitio así.

—De momento, no. Está aquí, en Washington. Lo he grabado en vídeo. Te lo envío por e-mail ahora mismo. Échale un vistazo, luego te llamo.

—Estás hablando en serio, ¿verdad? —preguntó Ike, de pronto con voz más grave.

—Totalmente en serio. Hasta luego.

Theo le envió enseguida el vídeo. Luego salió del baño y se apresuró a volver al salón.

Después de cenar, cuando ya había oscurecido, toda la clase de octavo montó en los cuatro autobuses y fue a visitar el Monumento a Lincoln. Una vez allí se arremolinaron alrededor de la famosa estatua de Lincoln, sentado con las manos aferradas a los costados de su silla y mirando con expresión muy seria. («¿Sonreiría alguna vez ese hombre?», se preguntó Theo.) Los focos proyectaban aún más sombras sobre su rostro, y la visión resultaba impresionante. Con la ayuda de un guarda del parque, el señor Babcock, que evidentemente era un gran fan de Lincoln, desplegó una gran pantalla al pie de la escalinata. Los estudiantes se sentaron en los escalones —cincuenta y ocho, para ser exactos—, preparados para recibir una breve charla. En completo silencio, escucharon cómo el profesor hacía un resumen de los principales acontecimientos en la vida de Lincoln. Era un material que todos habían estudiado en clase, pero que ahora cobraba un mayor significado al estar sentados en los escalones de su monumento. Mientras hablaba, el señor Babcock, que era un profesor muy apasionado, mostraba imágenes de Lincoln en distintos momentos de su vida.

Aunque estaban sentados en duros escalones de mármol, ninguno de los alumnos se removía ni cuchicheaba, y todos escuchaban absortos. Theo apartó la vista de la pantalla y contempló el majestuoso Estanque Reflectante que se extendía frente a ellos. Más allá, en torno a un kilómetro y medio de distancia, se alzaba el Monumento a Washington, también perfectamente iluminado. Y aún más allá, separado por otro kilómetro y medio, estaba el Capitolio de Estados Unidos, con su magnífica cúpula resplandeciendo en la oscuridad. Cuando Theo se giró hacia atrás, encontró al presidente Lincoln mirándolos fijamente a todos ellos.

Theo comprendió que aquel era un momento que nunca olvidaría. Cuando acabó su charla, los estudiantes ovacionaron al señor Babcock.

A continuación fue el turno de la señorita Greenwood, una profesora afroamericana muy popular que enseñaba inglés a las chicas. Empezó pidiendo a los alumnos que mirasen la gran explanada del Mall que se extendía hasta el Monumento a Washington y trataran de imaginarla abarrotada por una multitud de casi doscientas cincuenta mil personas. Sucedió el 28 de agosto de 1963. Ciudadanos de raza negra de todo el país habían emprendido una marcha hasta Washington para pedir justicia e igualdad. La marcha la encabezaba un joven pastor baptista de Atlanta llamado Martin Luther King, Jr.

Mientras la señorita Greenwood hablaba, iba pasando imágenes en la pantalla, fotos de la multitud de aquel día, de la gente marchando y de sus pancartas. Explicó que, justo en el lugar donde se encontraban, Martin Luther King pronunció uno de los discursos más célebres de la historia de Estados Unidos, sobre un estrado provisional dispuesto bajo la orgullosa mirada del presidente que había acabado con la esclavitud. Entonces la profesora puso una grabación del famoso discurso, con imágenes en blanco y negro de Martin Luther King y de su sueño.

Theo había visto y escuchado aquel discurso antes, pero en aquel momento resultó mucho más conmovedor. Mientras la voz de Martin Luther King resonaba en la noche, Theo miró hacia el Mall y trató de imaginar cómo fue aquel día: cientos de miles de personas escuchando juntas aquellas palabras que pasarían a la historia.

Cuando la señorita Greenwood acabó, también recibió un caluroso aplauso. El señor Mount anunció que no habría más charlas ese día, y que los estudiantes podían pasear por el Estanque Reflectante durante una hora más o menos. Theo se sentó en un banco del parque y envió un mensaje a Ike: «Has visto el vídeo? Qué opinas?».

Evidentemente, Ike lo esperaba: «Diría que es P. Duffy. Hablamos».

«Vale. Hasta luego.»

26

Más tarde en el hotel, mientras sus tres compañeros veían la televisión a la espera de que el señor Mount ordenara apagar las luces, Theo se encerró en el baño y se sentó en la taza. Llamó a Ike, que de nuevo parecía estar aguardando su llamada con el teléfono en la mano.

—¿Se lo has dicho a alguien? —preguntó Ike.

—Claro que no —repuso Theo—. Solo a ti. ¿Qué vamos a hacer?

—He estado pensando y tengo un plan. Cogeré un avión mañana a primera hora y aterrizaré en el aeropuerto nacional de Washington hacia el mediodía. Quiero estar en el metro cuando él lo coja por la tarde para seguirlo lo más de cerca posible. Necesito saber la hora, la estación y la línea de metro.

Theo lo había anotado todo y lo tenía memorizado.

—Es la línea Roja. Nosotros subimos en la estación de Metro Center, pero estoy bastante seguro de que él ya estaba montado.

—¿Cuántos vagones tiene el convoy?

—Eh..., son solo suposiciones, pero yo diría que unos siete u ocho.

—¿En cuál estabais vosotros?

—No lo sé, más o menos hacia la mitad.

—¿Qué hora era?

—Entre las cuatro y las cinco de la tarde. No hizo transbordo de la línea Roja y bajó en la estación de Tenleytown. Lo seguí unas tres manzanas antes de perderlo. No quería alejarme demasiado de la estación. Ya sabes que este no es precisamente mi terreno.

—Muy bien, es todo lo que necesito. Estaré ahí mañana. Supongo que tú andarás muy ocupado todo el día.

—Todo el día y toda la noche. Mañana nos toca el Instituto Smithsonian.

—Pásatelo bien. Te enviaré un mensaje mañana por la noche.

Theo se sintió aliviado de que hubiera un adulto implicado, aunque ese adulto fuera Ike. Sin embargo, le preocupaba bastante el aspecto de su tío. Ike tenía sesenta y tantos años y no había envejecido bien. Tenía el pelo canoso y largo, recogido en una cola de caballo, y una barba gris y descuidada. Por lo general llevaba camisetas llamativas, vaqueros gastados y gafas excéntricas, y siempre calzaba sandalias, incluso en épocas de frío. En resumen, Ike Boone era el tipo de persona que no solía pasar desapercibida. Pese a llevar una vida solitaria, era bastante conocido en la ciudad. Si Pete Duffy había coincidido con él, incluso si lo había visto una sola vez, era muy probable que se acordara de él. Y no creía que a Ike se le dieran muy bien los disfraces.

En la oscuridad de la habitación, mucho después de que sus tres compañeros se hubieran dormido, Theo seguía mirando al techo, pensando en Pete Duffy y en el asesinato que había cometido. Por una parte estaba muy emocionado de participar en su captura. Pero, por otra, le aterraba lo que eso podría conllevar. Pete Duffy tenía amigos muy peligrosos, y algunos seguían en Strattenburg.

Si aquel hombre era en realidad Pete Duffy, y si conseguían capturarlo y trasladarlo a Strattenburg para juzgarlo de nuevo, Theo no quería que su nombre saliera a relucir.

¿Y Ike? A él no le importaría. Ike había sobrevivido tres años en prisión. No le tenía miedo a nada.

4

El viernes a las nueve de la mañana, los cuatro autobuses de la escuela Strattenburg se detuvieron ante la entrada este del Instituto Smithsonian, y de ellos bajaron todos los alumnos de octavo curso. El Smithsonian es el mayor museo del mundo: una persona puede pasarse una semana entera en él y no verlo todo.

Cuando planificaban la jornada, el señor Mount les había explicado a los chicos que el Smithsonian era en realidad un conjunto formado por diecinueve museos y un zoo, además de incluir un gran número de colecciones y galerías. Once de esos diecinueve museos estaban en la explanada del Mall. El instituto tenía unos ciento treinta y ocho millones de piezas, todo lo que se pudiera imaginar, y era conocido como el «desván de la nación». Cada año visitaban el Smithsonian unos treinta millones de personas.

Los estudiantes se dividieron en grupos. Theo y otros cuarenta alumnos se dirigieron al Museo Nacional del Aire y el Espacio. Pasaron dos horas allí, y luego se reagruparon y fueron al Museo Nacional de Historia Estadounidense.

A las dos y media, Theo recibió un mensaje de Ike: «Estoy en la ciudad, voy a echar un vistazo en el metro». Theo ya estaba cansado de museos y le habría gustado escabullirse para hacer de detective con Ike. Hacia las cinco se sentía como si ya hubiera visto cien millones de objetos; necesitaba un respiro. Se montaron en los autobuses y volvieron al hotel para cenar.

A las siete menos cuarto, mientras Theo descansaba en su habitación viendo la televisión, recibió otro mensaje de Ike: «Estoy en el vestíbulo. Puedes bajar?».

Theo contestó: «Claro». Les dijo a Chase, a Woody y a Aaron que su tío se había pasado por el hotel y que iba a saludarlo. Al cabo de unos minutos, el chico estaba dando vueltas por el vestíbulo sin encontrar a Ike. Al final, un hombre sentado en la barra de la cafetería le hizo señas. Con gran sorpresa, Theo se dio cuenta de que era su tío: vestía traje oscuro, zapatos de cuero marrón, camisa blanca sin corbata y una especie de boina que cubría gran parte de su pelo canoso. La cola de caballo estaba metida bajo el cuello de la chaqueta. Theo no lo habría reconocido en la vida.

Ike dio un sorbo a su café y sonrió a su sobrino favorito.

—¿Cómo va el gran viaje a Washington? —le preguntó.

El chico soltó un profundo suspiro, como si estuviera exhausto. Le contó rápidamente sus aventuras del día en el Instituto Smithsonian y añadió:

—Esta noche vamos a ver un documental en el Newseum. Mañana visitaremos el Monumento a Washington y los diversos monumentos conmemorativos de distintas guerras. El domingo veremos el Capitolio, la Casa Blanca y el Monumento a Jefferson, y el lunes creo que estaremos listos para volver a casa.

—Pero te lo estás pasando bien, ¿no?

—Claro, es muy divertido. La visita al teatro Ford estuvo muy guay, y también la del Monumento a Lincoln. ¿Has visto a Pete Duffy?

—¿Vais a ir al Monumento a los Veteranos de Vietnam?

—Sí, está en el programa.

—Cuando estés allí busca el nombre de Joel Furniss. De pequeños fuimos amigos y nos graduamos juntos en el instituto. En 1965 se convirtió en la primera víctima del condado de Stratten en la guerra de Vietnam. Luego hubo cuatro más, sus nombres están grabados en el monumento conmemorativo que está delante de nuestro tribunal. Seguramente ya lo has visto.

—Sí, lo he visto. Lo veo todos los días. Estudiamos esa guerra en clase de historia y, francamente, no la entiendo.

—Tampoco nosotros la entendíamos. Fue una tragedia nacional.

Ike tomó un sorbo de café y, por un momento, su mirada pareció perderse muy lejos.

—¿Has visto a Pete Duffy? —volvió a preguntarle Theo.

—Ah, sí —replicó Ike escrutando su alrededor como si sus palabras pudieran llegar a oídos no deseados.

No había nadie sentado en un radio de diez metros. Theo recorrió el amplio vestíbulo con la mirada y solo vio al señor Mount que pasaba a lo lejos.

—Entré en el metro en la estación de Judiciary Square, dos paradas antes de Metro Center, donde lo cogisteis ayer. No vi a nadie en el andén que me resultara familiar. El convoy llegó a las cinco menos cuarto. Ocho vagones. Me monté en el número tres y eché un vistazo rápido, pero no vi a nadie. Al llegar a Metro Center me bajé y subí al cuarto vagón. Nada de nada. En la estación de Farragut North me cambié al quinto vagón y... ¡bingo! Estaba muy lleno, como me dijiste, y lentamente me fui acercando al hombre al que conocemos como Pete Duffy. Estaba absorto en su periódico, pero pude verlo de perfil. No alzó la vista ni miró alrededor en ningún momento, estaba perdido en su mundo. Retrocedí y permanecí oculto entre la multitud. Al acercarnos a la estación de Tenleytown, dobló el periódico y se levantó. Cuando el convoy se detuvo, bajó. Lo seguí hasta un pequeño edificio de apartamentos en la calle Cuarenta y cuatro, donde entró. Supongo que es ahí donde se esconde.

—¿Y por qué se esconde aquí, en Washington? ¿Por qué no en México o en Australia?

—Porque ahí es donde se espera que se oculte. A menudo, la gente que se esconde a la vista de todos es la que nunca se llega a encontrar.

—Una vez vi una película en la que un tipo que huía del FBI se sometía a todo tipo de operaciones de cirugía estética para cambiarse por completo la cara. ¿Crees que Duffy habrá hecho algo así?

—No, pero se ha cambiado el color de pelo y se ha dejado bigote. También lleva gafas, pero estoy seguro de que no son para ver. Lo observé mientras leía el periódico y lo hacía por encima de las gafas.

—Y ¿por qué está aquí, en Washington?

—No lo sé, pero puede que esté esperando para conseguir documentación falsa: carnet de conducir, certificado de nacimiento, tarjeta de la Seguridad Social, pasaporte... Aquí en la capital hay muchos buenos falsificadores, personajes turbios que pueden proporcionar todo tipo de documentos con una apariencia completamente legal. No es fácil salir del país cuando estás huyendo de la justicia, y a veces resulta incluso más difícil entrar en otro país sin una buena documentación. Puede que también quiera estar cerca de su dinero. O quizá tenga aquí uno o dos amigos que estén ayudándolo a preparar su plan de huida. No lo sé, Theo, pero apostaría a que no se quedará en Washington mucho tiempo.

—Muy bien, Ike, tú eres el adulto. ¿Cuál es el plan?

—Bueno, tenemos que actuar deprisa. Mi vuelo no sale hasta mañana al mediodía, así que he pensado en levantarme muy temprano y volver al metro. Buscaré a Duffy en la estación de Tenleytown y lo seguiré para ver adónde va durante el día. Tengo que ser muy cuidadoso, porque si sospecha algo volverá a desaparecer. Luego cogeré el avión y estaré de vuelta en Strattenburg mañana por la noche. ¿Has oído hablar de un programa informático llamado FuzziFace?

—No. ¿Para qué sirve?

—Es un programa que cuesta unos cien dólares. Se utiliza para comparar diferentes retratos fotográficos de caras y determinar si pertenecen a la misma persona. Buscaré una imagen antigua de Pete Duffy, seguramente una de los archivos de prensa, e intentaré compararla con un fotograma del vídeo que grabaste. Si coincide, el siguiente paso será acudir a la policía. Los jueves por la noche juego al póquer con un inspector jubilado llamado Slats Stillman, un tipo que sigue en estrecho contacto con el jefe de policía. Estoy pensando en hablarle de todo esto a Slats para que me aconseje al respecto. Supongo que la policía actuará deprisa. Con suerte tendrán a Duffy bajo custodia en cuestión de días. Y entonces lo trasladarán a Strattenburg para juzgarlo de nuevo.

—Será un gran juicio, ¿verdad?

—Como el primero, solo que esta vez Duffy tendrá que hacer frente a nuevos cargos por huir de la justicia y convertirse en un prófugo. Lo tiene bastante mal, Theo, y tú eres el gran héroe.

—Yo no quiero ser ningún héroe, Ike. No dejo de pensar en Omar Cheepe, en Paco y en todos esos tipos duros que trabajan para Pete Duffy. Estoy convencido de que todavía rondan por Strattenburg. Y no quiero que mi nombre salga a relucir.

—Estoy seguro de que podremos mantener el anonimato.

—Y si se celebra otro juicio, eso significa que Bobby Escobar tendrá que testificar.

—Pues claro. Es el testigo clave. Está todavía en la ciudad, ¿no?

—Eso creo, pero... La última vez que hablé con Julio, toda la familia vivía en el mismo apartamento, y Bobby todavía esperaba los papeles de Inmigración.

—¿Sigue trabajando en el campo de golf?

—Creo que sí. Pero todo este asunto me preocupa mucho, Ike.

—Escucha, Theo, estoy seguro de que la policía tratará muy bien a Bobby Escobar. La acusación se sostiene sobre su testimonio, y las autoridades no dudarán en protegerlo. No podemos permitir que unos matones interfieran en nuestro sistema judicial. Vamos, Theo, tú prácticamente eres abogado y conoces la importancia de tener un juicio justo. El juez Gantry se encargará de presidirlo, y si se entera de que un testigo está siendo objeto de cualquier tipo de coacción no dudará en descargar toda la fuerza de la ley sobre Duffy y su banda. Es hora de dar un paso al frente.

Theo sospechaba que la avidez de Ike por capturar a Duffy y su defensa de los juicios justos tenían algo que ver con la recompensa de cien mil dólares.

—Tengo que irme —le dijo a su tío—. Ten mucho cuidado mañana.

34

—Duffy no me descubrirá, Theo. Tú no me has reconocido, ¿verdad?

—No, y por una vez tienes buena pinta. Casi pareces un abogado de verdad.

—Vaya, gracias. Tengo preparado otro disfraz para mañana. Después de esto recuperaré mi viejo vestuario.

—Gracias por venir, Ike.

—No me lo habría perdido por nada del mundo. Y por cierto, Theo, buen trabajo.

Mientras subía en el ascensor de vuelta a su habitación, Theo se preguntó si estaba haciendo lo correcto. Llevar a un asesino ante la justicia parecía algo genial, pero tal vez hubiera que pagar un precio muy alto. Pensó en telefonear a sus padres, pero una llamada así no haría más que preocuparlos. Se suponía que estaba en Washington para hacer turismo y pasárselo en grande, no para jugar a los detectives y perseguir a un asesino.

Confiaba en su tío. Él siempre sabía qué hacer.

A primera hora del sábado, Theo, sus compañeros de habitación y otros cuarenta estudiantes bajaron de un autobús cerca del Mall y se encaminaron hacia el Monumento a George Washington. Mientras se aproximaban, el señor Mount empezó la visita guiada. Les explicó que el monumento, erigido evidentemente en honor del primer presidente de la nación, era un obelisco auténtico, construido en mármol y granito. Con sus ciento setenta metros de altura, seguía siendo el obelisco de piedra más alto del mundo. Cuando se inauguró en 1884 era la estructura de mayor altura que existía, un récord que ostentó hasta 1889, cuando se acabó de levantar la Torre Eiffel en París. La construcción del obelisco se inició en 1848, y se tardaron seis años en erigir los primeros cincuenta metros. Luego, debido a varias razones, como la escasez de dinero y la guerra de Secesión, las obras se paralizaron durante veintitrés años.

Theo no estaba seguro de si les pasaba lo mismo a los demás estudiantes, pero, después de dos días de lecciones de historia ininterrumpidas, los datos y las cifras empezaban a confundirse en su cabeza.

Se dirigieron a la base del monumento e hicieron cola durante casi una hora para acceder al vestíbulo de la planta baja. Una vez dentro, un simpático guarda los condujo hasta un ascensor. Entraron en la cabina y, setenta segundos más tarde, salieron a una gran terraza panorámica, situada a más de ciento cincuenta metros del suelo. Las vistas eran espectaculares: al oeste estaban el Estanque Reflectante y el Monumento a Lincoln; al norte, la Elipse y la Casa Blanca; al este, el majestuoso Capitolio de Estados Unidos; y al sudeste, el Instituto Smithsonian y las hileras de edificios del Gobierno. Por debajo de la terraza, había otro museo lleno aún de más historia.

Después de dos largas horas, los estudiantes dieron por terminada la visita. Bajaron en el ascensor y salieron al exterior.

A las once y cuarenta y seis, Theo recibió un mensaje de Ike: «Sin rastro de Duffy. Los sábados debe de tener otra rutina. Ya en el aeropuerto, vuelvo a casa. Nos vemos allí».

5

A primera hora de la tarde del lunes, la señora Boone recogió a Theo en la escuela. Durante los diez minutos que duró el trayecto a casa, su madre quiso saber todos los detalles del viaje, y de lo que había hecho y visto en Washington. Pero Theo estaba muy cansado. El domingo por la noche apenas había dormido porque Woody y Aaron se enzarzaron en un estúpido juego: ver quién era capaz de quedarse despierto hasta la mañana. Y en el autobús tampoco había podido dormir a causa de todos los puñetazos y collejas, la música alta, las risas y, por supuesto, las ventosidades. Así que en ese momento no tenía mucho que contarle a su madre. Le prometió que, después de una siesta, le haría un informe completo.

Una vez en casa, la señora Boone le preparó un sándwich de queso caliente y le preguntó desde cuándo no se duchaba. Theo admitió que la última vez debió de ser el viernes o el sábado, de modo que ella le ordenó que lo hiciera después de comer. Cuando estaba bajo la ducha, su madre se marchó al bufete.

Theo nunca echaba la siesta. Aunque estuviera muerto de cansancio, siempre tenía algún sitio al que ir. Y después de todo, era lunes por la tarde y tenía que hacer la visita de rigor a Ike. No siempre le apetecía ir a ver a su tío, pero ese día era distinto, ya que ambos se traían asuntos muy importantes entre manos.

Ike había conseguido introducir varias fotos de Pete Duffy en el programa FuzziFace, y Theo estaba ansioso por saber qué había averiguado.

Al llegar a su despacho, encontró al viejo Ike de siempre: sin traje oscuro, sin camisa blanca ni corbata, sin zapatos de cuero marrón. En vez de eso, vestía su atuendo habitual, consistente en camiseta y vaqueros descoloridos, y, por supuesto, sandalias. Bob Dylan sonaba muy bajito en el estéreo cuando Theo y Judge subieron corriendo las escaleras hasta la destartalada oficina. Ike estaba muy excitado, se pasó un cuarto de hora mostrándole diversas imágenes de Pete Duffy en el ordenador portátil. El programa FuzziFace había analizado cada centímetro del rostro de Duffy en las fotos antiguas que Ike había encontrado, y las había comparado con los fotogramas sacados del vídeo de Theo. Resultado: había un 85 por ciento de posibilidades de que se tratara de Duffy.

Theo y Ike estaban convencidos al cien por cien.

—Y ahora, ¿qué? —le preguntó Theo a su tío.

—¿Se lo has contado a tus padres?

—No, pero debería. No me gusta ocultarles secretos, sobre todo uno tan importante como este. Puede que incluso me echen la bronca cuando les expliquemos todo lo que hemos hecho hasta ahora.

—Muy bien, estoy de acuerdo contigo. ¿Cuándo quieres contárselo?

—¿Qué tal ahora? Los dos están en el bufete. Es lunes, así que iremos a cenar a Robilio's. Tendríamos una media hora para hablar con ellos antes. Vendrás conmigo, ¿no?

Era una pregunta delicada, ya que Ike evitaba en lo posible pasar por el bufete Boone & Boone. Antiguamente había trabajado allí; de hecho, él y el padre de Theo habían fundado el primer despacho de los Boone muchos años atrás en ese mismo edificio. Entonces ocurrió algo. Ike se metió en problemas, abandonó la firma de malas maneras, perdió su licencia para practicar la abogacía y entró en prisión. Desde entonces procuraba evitar todo lo que tuviera que ver con su antiguo bufete. Pero últimamente, gracias a Theo, la difícil relación entre los dos hermanos parecía experimentar cierta mejoría. Durante el primer juicio a Duffy, Ike estuvo en el bufete una noche en que el juez Gantry se pasó por allí para mantener una importante reunión con toda la familia.

Ike haría casi cualquier cosa por su sobrino.

—Pues claro que iré —le dijo.

—Genial. Nos vemos allí.

Theo y Judge se marcharon corriendo. Después de cuatro días en la gran ciudad, el chico estaba encantado de volver a montar en su bicicleta y recorrer a toda velocidad las calles de Strattenburg. Aquel era su territorio; conocía todos los rincones, todas las callejuelas y atajos. No podía imaginarse qué era ser un chaval en una gran ciudad, donde las calles estaban congestionadas de coches, y las aceras, abarrotadas de transeúntes.

Theo fue al bufete tomando el camino más largo, demorándose hasta las cinco y media, cuando Elsa Miller recogería las cosas de su escritorio, cerraría la puerta principal y se marcharía a casa. Elsa no solo era la recepcionista y la secretaria jefe, sino también una persona muy importante en la vida de los Boone. Era como una abuela para Theo, y si lo veía llegar, se abalanzaría sobre él con una energía increíble —más increíble aún considerando que tenía setenta años— y lo acribillaría a preguntas sobre el viaje a Washington.

Theo no estaba de humor, así que dio unas cuantas vueltas a la manzana con Judge pegado a las ruedas. Se ocultó detrás de un árbol al final de la calle, su escondite favorito, y no salió hasta que vio alejarse el coche de Elsa.

Entró en el edificio por la puerta de atrás y fue directamente al despacho de su madre. Como de costumbre, estaba ocupada hablando por teléfono. Judge se acostó en una pequeña cesta junto al escritorio de Elsa, una de las tres que había en el bufete, y Theo subió al piso de arriba a ver a su padre.

Woods Boone leía un documento mientras fumaba en pipa. Su escritorio estaba lleno de papeles y carpetas, muchos de ellos sin tocar desde hacía meses, tal vez años. Cuando vio a Theo, sonrió y dijo:

—Bueno, bueno, ¿cómo ha ido el gran viaje?

—Genial, papá. Te lo contaré todo en la cena. Pero ahora necesito hablar contigo de algo, algo muy importante.

—¿Qué has hecho esta vez? —preguntó el señor Boone frunciendo el ceño.

—Nada, papá. Bueno, algo... Pero escucha: Ike está de camino, tenemos que celebrar una reunión familiar.

—¿Ike? ¿Una reunión familiar? ¿Por qué será que me estoy poniendo muy nervioso?

—En fin, ¿podemos reunirnos con mamá en la sala de conferencias para hablar de todo esto?

—Claro —dijo el señor Boone dejando su pipa y poniéndose en pie.

Siguió a su hijo escaleras abajo. Ike ya estaba llamando a la puerta principal, y Theo le abrió. La señora Boone salió de su oficina y preguntó:

—¿Qué está pasando aquí?

—Tenemos que hablar —dijo Theo.

La señora Boone le dio a Ike un rápido abrazo, del tipo que se espera que debes dar, pero que realmente no te apetece. Dirigió a su marido una mirada suspicaz, como preguntando: «¿Qué ha hecho Theo esta vez?».

Cuando estuvieron sentados en torno a la mesa de la sala de conferencias, Theo contó toda la historia: el jueves anterior en Washington, después de salir del teatro Ford, Theo vio en un metro abarrotado a un hombre que se parecía a Pete Duffy; lo grabó en vídeo a escondidas; llamó a Ike, que viajó hasta la capital; Ike volvió a ver a Duffy y lo siguió hasta su maltrecho bloque de apartamentos; utilizaron el programa FuzziFace para analizar las fotos; y, lo más importante de todo, ambos estaban firmemente convencidos de que ese hombre era Pete Duffy.

El señor y la señora Boone se quedaron sin habla.

Ike había llevado su portátil y, en cuestión de segundos, Theo lo conectó a una gran pantalla desplegada en la pared del fondo.

—Aquí está —dijo Theo, y puso el vídeo a cámara lenta. Entonces, tras congelar la imagen, añadió—: Esta es la mejor toma que tenemos.

Era un fotograma del perfil izquierdo de la cara del hombre, justo cuando volvía a sumirse en la lectura de su periódico.

Ike tecleó en el portátil, y la pantalla se dividió en dos: en una parte aparecía la imagen del vídeo; en la otra, una foto de Pete Duffy sacada de un viejo periódico. Puestos uno al lado del otro, había cierta similitud entre ambos rostros.

—Bueno —dijo al fin la señora Boone—, supongo que podrían ser el mismo hombre.

—Yo no estoy tan seguro —repuso el señor Boone, siempre escéptico.

—Oh, sí, es él —dijo Ike sin atisbo de duda.

—Incluso camina como Pete Duffy —añadió Theo.

—¿Y cuándo has visto caminar al señor Duffy? —preguntó su padre.

—Durante el juicio. El primer día, mis compañeros y yo vimos a Duffy y a sus abogados caminando delante de nosotros. Lo recuerdo perfectamente.

—¿Has estado leyendo novelas de espías otra vez? —quiso saber su madre.

Sin embargo, ella y el señor Boone seguían mirando fijamente la pantalla, y Theo no respondió.

—¿Y qué has pensado hacer? —le preguntó el señor Boone a su hermano.

—Bueno, tenemos que ir a la policía, enseñarles el vídeo y estas imágenes, y contarles todo lo que sabemos. A partir de ahí, es cosa suya.

Los cuatro sopesaron la propuesta un momento, y luego Ike continuó:

—Claro que eso podría conllevar otro problema. Tenemos un buen departamento de policía, pero Pete Duffy cuenta con muchos amigos. Podría haber filtraciones. Una palabra suelta por aquí o por allá, una llamada rápida de teléfono, y Duffy podría esfumarse de nuevo.

—¿Estás sugiriendo que Duffy podría tener un topo dentro del departamento de policía? —preguntó recelosa la señora Boone arqueando las cejas.

—No me sorprendería —replicó Ike.

—A mí, tampoco —agregó el señor Boone.

A Theo le impactó mucho aquello. Si ni siquiera podías fiarte de la policía, ¿en quién ibas a confiar?

Se produjo otra larga pausa mientras los cuatro miraban la pantalla y consideraban la situación.

—¿En qué estás pensando, Ike? —preguntó al fin la señora Boone.

—Duffy es un prófugo, ¿no? Actualmente ocupa el número siete en la Lista de los Diez Más Buscados por el FBI. Podríamos acudir a los federales sin que se entere la policía de Strattenburg.

—Bueno, hagamos lo que hagamos, hay que mantener a Theo al margen de esto —dijo el señor Boone.

A Theo le pareció muy bien aquella idea. Cuanto más ahondaban en el asunto Duffy, más nervioso y preocupado se sentía. No obstante, podría resultar muy emocionante trabajar con auténticos agentes del FBI.

—Por supuesto —repuso Ike—. Pero me imagino que querrán hablar con él para conocer su versión de los hechos de primera mano. Aun así, podremos mantenerlo todo en completo secreto.

—¿Y cuándo crees que deberíamos reunirnos con el FBI? —preguntó el señor Boone.

—Lo antes posible. Los llamaré a primera hora de la mañana y concertaré un encuentro. Les propondré que nos reunamos aquí, si os parece bien.

—Supongo que tendré que perderme la escuela mañana —dijo Theo.

—Eso sí que no —saltó bruscamente su madre—. Ya has faltado al colegio el jueves, el viernes y hoy. No vas a faltar también mañana. Si nos reunimos, lo haremos después de clase. ¿De acuerdo, Ike?

—Por supuesto.

Le propusieron a Ike que fuera a cenar con ellos a Robilio's, su restaurante de los lunes, pero este declinó la invitación alegando que tenía que regresar a su despacho. Theo se sintió aliviado, porque la presencia de su tío implicaría seguir hablando del caso Duffy, y ya había tenido bastante por el momento.

El chico estuvo haciendo tiempo en el bufete y, al cabo de media hora, se marchó con Judge a su casa. A las siete en punto, los Boone se sentaron en su mesa favorita de Robilio's y pidieron la misma cena que habían pedido la semana anterior, y también la anterior. Mientras esperaban que les sirvieran, Theo procedió a hacer un extenso relato de su viaje a Washington. Como de costumbre, sus padres lo interrumpieron con todo tipo de preguntas acerca de los museos y los monumentos, del hotel, de los otros chicos. ¿Se portó bien todo el mundo? ¿Hubo algún problema? ¿Qué fue lo que más le gustó? Etcétera, etcétera. Theo desgranó todos los detalles que podía recordar salvo, tal vez, algunas conductas dentro del autobús. Captó toda la atención con una minuciosa descripción del teatro Ford, así como con un relato pormenorizado del asesinato de Lincoln. También les contó que, en el Monumento a los Veteranos de Vietnam, había encontrado el nombre de Joel Furniss, el joven soldado que había sido amigo de infancia de Ike y que fue la primera víctima del condado de Stratten en aquella guerra. Le encantaron el Monumento a Washington, los demás monumentos conmemorativos de guerras y el museo de aeronáutica, pero se aburrió bastante en otras secciones del Instituto Smithsonian.

Su madre le preguntó si le gustaría volver a Washington durante una semana para visitar las cosas que no había visto. Ella y el señor Boone habían estado hablando de ir allí en las vacaciones de verano. Theo no estaba muy seguro: de momento ya había visto bastante.

Se acostó pronto y durmió nueve horas seguidas.

6

A primera hora del martes, mientras Theo estaba en la escuela, Ike contactó con la oficina del FBI en Northchester, a una hora de distancia de Strattenburg. La primera llamada llevó a una segunda, y luego a una tercera, a medida que el asunto se iba haciendo cada vez más apremiante. Más tarde telefonearon a los padres de Theo y concertaron un encuentro.

El chico estaba almorzando con April Finnemore cuando la directora, la señora Gladwell, apareció como de la nada y le susurró:

—Theo, tu madre acaba de llamar: tienes que marcharte. Quiere que vayas a su despacho lo antes posible.

Sabía muy bien de qué iba aquello, pero no le dijo nada a April. Cogió su mochila, informó a la señorita Gloria en secretaría y montó en su bici. Al cabo de un rato llegaba a la parte de atrás de Boone & Boone.

Ya lo esperaban sus padres, Ike y dos agentes del FBI. El blanco se llamaba Ackerman y era un poco mayor que su compañero. Tenía algunas canas en el pelo oscuro y saludó a Theo con una expresión ceñuda, que resultó ser permanente. El negro se llamaba Slade, era flaco como un palo y tenía una dentadura perfecta. Charlaron un tanto nerviosos durante unos minutos antes de ir al grano. Theo les contó su historia. Ike puso el vídeo, y compararon las imágenes de Duffy. Los agentes volvieron a centrar su atención en el chico, que empezó a responder a sus preguntas. El señor y la señora Boone estaban sentados junto a su hijo, en silencio pero dispuestos a protegerlo cuando fuera necesario. Ackerman preguntó si podían entregarles una copia del vídeo, y la señora Boone respondió que por supuesto. Tras hablar durante media hora, Slade salió de la sala de conferencias y llamó a su jefe a la oficina.

Elsa llevó unos sándwiches y le dirigió a Theo una mirada muy seria, como diciéndole: «¿Qué diablos has hecho esta vez?». Él procuró no hacerle caso. Mientras comían, los agentes volvieron a repetirle algunas de las preguntas de forma insistente pero educada, sin parar de tomar notas y pidiéndole que concretara ciertos detalles: la hora, las estaciones de metro, el número de vagones del convoy o la localización exacta de «el sujeto». No se referían a él como Pete Duffy, sino siempre como «el sujeto». Pasó una hora mientras volvían a examinar el vídeo, hablaban por teléfono y esperaban instrucciones de la oficina del FBI en Northchester. La señora Boone abandonó la sala para hacer algunas llamadas. Cuando regresó, su marido estaba arriba atendiendo asuntos urgentes. En un momento dado, ambos agentes hablaban simultáneamente por sus móviles, dándoles la espalda y casi susurrando lo que parecía ser información muy importante. Y cuando uno no hablaba por el móvil, lo hacía el otro. Conforme pasaba el tiempo, los federales se veían cada vez más animados. Parecía, al menos a ojos de Theo, que habían conseguido captar la atención de sus superiores.

Hacia las dos de la tarde, Slade colgó su teléfono, lo dejó sobre la mesa y dijo:

—Muy bien, esta es la situación: hemos enviado el vídeo y las fotos a nuestra oficina en Washington. Nuestros expertos los están examinando, pero tras un rápido análisis ya pueden confirmar que hay un ochenta por ciento de posibilidades de que se trate de Pete Duffy. Hemos enviado a varios agentes al metro y también tenemos vigilado su apartamento en la calle Cuarenta y cuatro. Hay una orden de arresto pendiente contra él y ya se ha puesto en marcha todo el papeleo. Si nuestros chicos lo ven, lo detendrán, lo cachearán y registrarán su apartamento. Y, con un poco de suerte, tendremos a nuestro hombre.

—Ahora tenemos que volver a nuestra oficina —añadió Ackerman—, pero estaremos en contacto.

Slade miró a Theo y le dijo:

—De parte del FBI, queremos darte las gracias más sinceras por lo que has hecho. Hay que tener ojos de lince para ver lo que viste.

Ackerman se volvió hacia Ike y le dijo:

—Y a usted también, señor Boone. Gracias por su intervención.

Ike hizo un gesto como para quitarle importancia. «Bah, trabajo de rutina.»

Después de que los agentes se marcharan, la señora Boone miró su reloj y dijo:

—En fin, supongo que ya es muy tarde para volver a la escuela.

—Pues claro —dijo Theo, esperanzado—. Además, creo que debería quedarme por aquí a esperar noticias de los federales. Puede que me vuelvan a necesitar.

—Lo dudo —repuso el señor Boone consultando también su reloj: hora de volver al trabajo.

Cuando sus padres abandonaron la sala, Theo sonrió a su tío y le dijo:

—Debe de ser genial ser un agente del FBI, ¿no te parece, Ike?

Este gruñó para mostrar su desacuerdo.

—Escucha, Theo: más o menos cuando tú naciste, me metí en algunos problemas, y el FBI llamó a mi puerta. No fue nada agradable. Cuando estás en el otro bando, es difícil que te caigan bien. Son muy buenos profesionales, y lo saben, pero no siempre tienen la razón.

Los problemas de Ike eran uno de los secretos mejor guardados de la familia. Theo era un chico muy curioso y en más de una ocasión había intentado sonsacar a sus padres algunos detalles del pasado de su tío, pero no había conseguido averiguar nada. Ahora que Ike había entreabierto la puerta, se sintió tentado de husmear un poco, pero se mordió la lengua y no dijo nada.

—Por otra parte —prosiguió Ike—, piensa en esto: ahora mismo tu vídeo está siendo analizado por los mejores expertos a nivel mundial. Eso sí que es genial, ¿verdad?

—Mucho... Oye, Ike, aún no hemos hablado de esto, pero ¿has pensado en la recompensa? Ofrecen cien mil dólares por cualquier información que conduzca a la detención y condena de Pete Duffy. Supongo que estabas al tanto, ¿no?

—Claro, todo el mundo lo sabe. Y sí, he pensado en ello. ¿Qué vas a hacer con todo ese dinero?

—Bueno, creo que tú también deberías recibir una parte. ¿Qué tal si lo repartimos a medias?

—El dinero aún no es nuestro, Theo. Primero tienen que coger a Duffy. Y luego está el asuntillo del nuevo juicio. Duffy cuenta con unos abogados magníficos que presentarán una defensa muy buena, como la vez anterior. Tú viste el primer juicio y sabes que la fiscalía estaba a punto de perder el caso cuando el juez Gantry declaró la nulidad. Lograr que lo condenen no será fácil.

—Lo sé. Yo estaba allí, pero eso fue antes de que apareciese Bobby Escobar. Es un testigo presencial. Vio a Pete Duffy entrar a escondidas en su casa más o menos a la misma hora en que su esposa fue asesinada. Y encontró los guantes de golf que Duffy llevaba cuando la estranguló.

—Muy bien. Esperemos a que lo condenen y entonces hablaremos de la recompensa.

—Vale. Pero ¿qué vas a hacer tú con tus cincuenta mil?

—Theo...

A las cuatro y media, Theo estaba sentado a la mesa de su despacho con Judge a sus pies, garabateando distraído sobre sus deberes y mirando el reloj del equipo de béisbol de los Twins de Minnesota colgado en la pared. Cerró los ojos y se imaginó el abarrotado metro al detenerse en la estación de Judiciary Square.

Una docena de agentes del FBI con diversos disfraces ya están dentro, observan, esperan. Las puertas se abren, y los pasajeros entran en tropel. Uno de ellos es Pete Duffy, que al momento es reconocido por un agente que susurra a su micro: «P.D. identificado, vagón número cuatro, hacia la mitad». Duffy lee el periódico, ajeno al hecho de que su vida como fugitivo está a punto de acabar, a que va a ser arrestado y enviado de vuelta a Strattenburg. En la estación de Metro Center suben más agentes; algunos consiguen acercarse tanto a Duffy que podrían tocarlo. Pero esperan. Son pacientes, profesionales. Susurran a sus micros, teclean mensajes en sus móviles, actúan como si cogieran el metro todos los días, y en poco tiempo llegan a la estación de Tenleytown. Duffy dobla el periódico, se lo mete bajo el brazo, se levanta y, cuando el metro se detiene y las puertas se abren, sale al andén junto con otros muchos pasajeros. En la estación esperan más agentes. Siguen a Duffy a través de las tranquilas calles llenas de hojarasca del noroeste de Washington, controlan cada uno de sus pasos. Cuando dobla por la calle Cuarenta y cuatro, se encuentra de cara con varios hombres armados, vestidos con gabardinas negras. Uno de ellos dice: «FBI, señor Duffy, queda usted arrestado». Duffy casi se desmaya... ¿o se desmaya del todo? ¿Se siente aliviado de que su vida como fugitivo haya llegado a su fin? Probablemente, no. Theo sospecha que preferiría seguir viviendo como un prófugo. Le ponen las esposas y lo llevan a una furgoneta sin distintivos. Duffy guarda silencio, no dice ni una palabra. Una vez en la cárcel, llama a su abogado.

A las cinco de la tarde, Theo miraba fijamente el teléfono de su mesa. Llamó a Ike, quien le dijo que todavía no tenía noticias y le recomendó que se tranquilizara. Detendrían a Duffy, aunque quizá hoy no. Tal vez mañana. Debía tener paciencia.

«¿Me lo dices en serio, Ike? —se dijo Theo—. ¿Cuántos chavales de trece años saben ser pacientes?»

Después de oscurecer, sin que el FBI hubiera dado señales de vida aún, la familia Boone recorrió las tres manzanas que separaban el bufete del albergue social de Highland Street, donde ejercían como voluntarios todos los martes. Empezaron su labor en la cocina, donde se pusieron unos delantales y sirvieron sopa y bocadillos, siempre con sonrisas y saludos afables. La mayoría de los rostros eran conocidos: vivían allí o acudían todas las semanas. Theo sabía incluso los nombres de algunos de los niños. El albergue ofrecía alojamiento permanente a unas cuarenta personas sin hogar, incluidas varias familias. También daba de comer a unos cien indigentes todos los días, para almorzar y para cenar. Después de servir a todo el mundo, los Boone tomaban una cena rápida de pie en una esquina del comedor: sopa de verduras con pan de maíz y, de postre, galletas de coco. No era la comida favorita de Theo, pero tampoco la peor. Siempre que comía en el albergue, observaba las caras de la gente. Algunos usuarios parecían inexpresivos y distantes, como si no estuvieran seguros de dónde se hallaban. Pero la mayoría se veían felices, contentos de disfrutar de otra comida caliente.

La señora Boone, junto con otras abogadas de la ciudad, había creado una consulta legal gratuita en el albergue para ayudar a las mujeres y a sus familias. Después de cenar, subió a un pequeño cuarto del piso de arriba donde ofrecía asistencia a sus clientas. Theo se dirigió a una sala de juegos, donde ayudaba a los niños con sus tareas escolares. El señor Boone se sentó a una mesa del fondo del comedor y se puso a revisar los documentos de la gente que había sido desahuciada de sus casas.

A las ocho y veinte, Theo recibió un mensaje de Ike: «Llámame enseguida». Salió del albergue y pulsó el número en marcación rápida.

—Acabo de hablar con el FBI —dijo Ike—. El agente Slade me ha llamado para ponerme al corriente. Todo se ha hecho como estaba planeado, con una docena de agentes participando en el operativo, pero no han encontrado ni rastro de Duffy. Nada. Han vigilado su apartamento durante tres horas, pero no lo han visto. Y tampoco han podido registrar el piso, porque no pueden hacerlo hasta que lo hayan detenido.

—Todo eso ¿qué significa?

—No estoy seguro. Duffy es un tipo listo y puede que se esconda en más de un sitio. Tal vez haya visto a alguien sospechoso, alguien que se le quedara mirando más tiempo del preciso. ¿Quién sabe?

—¿Cuál es el plan ahora?

—Volverán a intentarlo mañana. Vigilarán su apartamento durante toda la noche hasta ver si sale por la mañana, y también controlarán las líneas y estaciones de metro. Pero ya sabes cómo es la cosa: hay como un millón de pasajeros durante la hora punta. Te llamaré cuando sepa algo más.

Theo se quedó hundido. Estaba convencido de que el FBI, con sus recursos humanos y tecnológicos ilimitados, habría detenido a Pete Duffy antes de medianoche.

Volvió a entrar en el albergue para contárselo a sus padres.

7

El miércoles a primera hora, Theo no podía concentrarse en la clase de español de madame Monique. Su mente vagaba muy lejos de allí, por las calles de Washington. Lo consumía la mortificante sensación de que había hecho algo mal. ¿Y si, en realidad, había identificado al hombre equivocado? Por su culpa, un montón de expertos y agentes del FBI perdían su tiempo viajando de aquí para allá en metro, seguían a la gente que no era, analizaban un vídeo inútil y, en general, en palabras de Ike, «se perseguían su propia cola».

Durante la segunda hora, en la clase de geometría de la señorita Garman, le acometió un horrible pensamiento: la idea de verse metido en problemas. ¿Y si el FBI se enfadaba con él por acusar al hombre que no era? ¿Y si ese hombre averiguaba que él, Theodore Boone, lo había grabado en vídeo a escondidas y había llamado al FBI? ¿Podrían arrestarlo? ¿O demandarlo por difamación?

A la hora del almuerzo, Theo apenas pudo comer. April percibió que algo iba mal, pero él le dijo que tenía el estómago revuelto. Y era cierto. Ella intentó sonsacarle la verdad, pero Theo se cerró en banda y no reveló nada. ¿Cómo podías contarle a alguien, incluso si era tu mejor amiga, que estabas envuelto en una trama del FBI y que tal vez hubieras cometido una grave equivocación? Su sufrimiento continuó durante la clase de química con el señor Tubcheck, la de educación física con el señor Tyler, y la hora de estudio con el señor Mount. Luego pidió que le excusaran de las prácticas de debate. Contó los minutos hasta que sonó el timbre del final de las clases, y pedaleó a toda velocidad para refugiarse en la seguridad de Boone & Boone. Sus padres no tenían noticias del FBI. Llamó a Ike, pero no obtuvo respuesta.

Estaba recluido en su despacho, con Judge a sus pies, cuando Elsa irrumpió con una bandeja de pastelitos y le dijo que acababa de prepararlos especialmente para él. Insistió en que fuera a sentarse con ella en la recepción y le contara cosas acerca del viaje a Washington. El chico no tenía elección, aunque en realidad no le gustaban sus pastelitos. Judge siguió a Theo hasta la parte delantera del edificio. Theo habló con Elsa durante una media hora, mientras ella contestaba al teléfono y se ocupaba de controlar los asuntos del bufete. En un momento dado, su madre pasó por la recepción y le preguntó si había terminado de hacer los deberes. Theo contestó que «casi». Al cabo de diez minutos, su padre pasó por allí con unos papeles en la mano y le hizo la misma pregunta. Theo respondió lo mismo. Elsa colgó el teléfono y le dijo:

—Más vale que vayas a acabar tus deberes.

—Eso parece —dijo el chico, y volvió a su despacho.

Como sus padres eran abogados, en la familia había un montón de reglas que se debían cumplir. Una de las más irritantes era que, cuando Theo estuviera sin hacer nada en el bufete por las tardes, debía coger sus libros y acabar los deberes. Esperaban que sus calificaciones fueran prácticamente perfectas, algo que Theo solía cumplir. De vez en cuando había un notable en su boletín de notas, pero era un traspié del que sus padres no podían quejarse realmente. Y si alzaban las cejas, él les preguntaba si cuando ellos eran pequeños siempre sacaban excelentes. «Ah, sí, claro...» Parecía que todos los padres hubiesen obtenido solo excelentes durante sus gloriosos años de estudiantes. En cuarto curso, Theo sacó un suficiente en matemáticas y creyó que sus padres lo meterían en un reformatorio. Un simple suficiente, y parecía que el mundo entero fuera a acabarse...

Como de costumbre, los deberes le parecían tediosos, no podía concentrarse.

Ike llamó poco después de las seis.

—Acabo de hablar con el FBI —dijo—. Más malas noticias. Han estado vigilando el metro y no han encontrado ni rastro de nuestro hombre. Es como si hubiera vuelto a desaparecer, como si se hubiera esfumado.

—No me lo puedo creer —dijo Theo.

Por una parte, lo aliviaba que Duffy hubiera desaparecido para no verse aún más metido en aquel embrollo. Por otra, se sentía mal por haber puesto en marcha aquel jaleo. Y una vez más se preguntó por qué habría tenido que meter las narices y liarlo todo.

—¿Qué crees que ha pasado? —le preguntó a su tío.

—Quién sabe, pero es muy probable que el bueno de Pete no sea tan estúpido como creen. Es un prófugo, un hombre buscado por la justicia, y seguramente ha aprendido a vivir en un estado de alerta constante. Los federales han irrumpido como una manada de sabuesos, y Duffy se habrá olido algo. Se habrá fijado en que hay gente observándolo, habrá visto caras extrañas y, como ya está con la mosca detrás de la oreja, habrá decidido pasar desapercibido por un tiempo: cambiar sus movimientos, coger un metro diferente, caminar por otras calles, vestir de manera distinta. Hay dos millones de personas en Washington, y él sabe cómo perderse entre la multitud.

—Supongo.

—Han estado vigilando su apartamento toda la noche y no ha aparecido por allí. Eso demuestra que sabe que está pasando algo raro. Así que es muy probable que ya no volvamos a encontrarlo.

—Qué mal...

—En fin, llegados a este punto, no hay mucho más que podamos hacer.

—Gracias, Ike.

Theo colgó el teléfono y fue a contárselo a sus padres.

Era miércoles por la noche, así que había comida china para llevar del restaurante Dragon Lady, una de las cenas favoritas de Theo. Estaban en la sala de estar con sus bandejas plegables, delante del televisor, viendo reposiciones de *Perry Mason*, que también era una de sus series preferidas. A mitad del primer episodio, su madre dijo:

—Theo, apenas has probado la comida.

Pinchó rápidamente unas gambas agridulces y se las llevó a la boca.

—Qué va, mamá. Está deliciosa, y estoy muerto de hambre.

Ella le dirigió una de esas miradas maternales de preocupación, como queriendo decir: «Ya, ya, pero a mí no me engañas».

—¿Estás preocupado por algo? —le preguntó su padre.

—¿Por qué iba a estarlo?

—Ah, no sé. Tal vez porque el FBI aún no ha conseguido atrapar a Pete Duffy.

—Ni siquiera había pensado en ello.

Su padre sonrió mientras masticaba y lanzó una mirada de complicidad a su esposa. Cuando sus ojos volvieron a posarse en la pantalla del televisor, Theo se agachó y le dio a Judge medio rollito de huevo, su bocado favorito.

El jueves por la mañana, Theo estaba solo en la cocina tomando un desayuno rápido: un tazón de Cheerios y un vaso de zumo de naranja, con Judge a sus pies comiendo lo mismo, salvo el zumo. Su padre se había marchado temprano para desayunar y charlar tomando café con sus colegas abogados en una cafetería del centro. Su madre se encontraba en la sala de estar, bebiendo un refresco bajo en calorías y leyendo el periódico matutino. Theo no pensaba en nada en particular; de hecho, estaba dando vueltas a sus asuntos sin ganas de buscarse más problemas ni emociones fuertes. En ese momento sonó el teléfono.

—Theo, por favor, cógelo —gritó su madre.

—Sí, mamá. —Se levantó y descolgó el auricular—. Diga.

Una voz que le sonaba familiar respondió con cierta rigidez:

—Sí, hola, soy el agente Marcus Slade del FBI. ¿Podría hablar con el señor o la señora Boone?

—Eh, claro —dijo Theo sintiendo que se le encogía el estómago.

«Ya está —pensó de repente—, ¡vienen a por mí! Están furiosos porque les he hecho perder el tiempo.»

Tapó el auricular y avisó:

—Mamá, es el FBI.

«¿Cuántos estudiantes de octavo de la escuela Strattenburg tienen que vérselas con los federales?», se preguntó.

Cuando su madre cogió el teléfono en la sala de estar, tuvo la tentación de no colgar y escuchar de qué hablaban, pero cambió rápidamente de idea. ¿Para qué buscarse más problemas? Se escondió tras el umbral que conducía a la salita y oyó la voz de su madre, pero no lo que decía. Cuando colgó, Theo volvió rápidamente a su asiento y se llevó a la boca una cucharada de Cheerios. La señora Boone entró en la cocina, se quedó mirando a su hijo como si este hubiera matado a alguien y le dijo:

—Era el FBI.

«¿No me digas, mamá?»

—Quieren reunirse con nosotros esta mañana en el bufete. Dicen que es urgente.

Por una parte, Theo estaba entusiasmado por volver a saltarse las clases, pero, por otra, la realidad le golpeó como un mazazo: los federales estaban hechos una furia y querían echarle la bronca en persona.

—¿De qué se trata?

—No me lo han dicho. Vienen de camino, hemos quedado en que iremos a las nueve.

—¿«Iremos»? ¿Yo también?

—Sí, quieren que tú también estés.

—Jo, mamá, odio perderme la escuela —dijo muy serio.

Y en ese momento era verdad: habría preferido montar en su bicicleta y salir disparado rumbo al colegio.

Una hora más tarde, Theo y sus padres estaban en la sala de conferencias esperando a Ike, que no era precisamente una persona madrugadora. Cuando apareció, con los ojos enrojecidos y de mal humor, fue directo a servirse un café. Al cabo de unos minutos llegaron los agentes Slade y Ackerman, que entraron en la sala y saludaron. La señora Boone cerró la puerta, ya que Elsa acechaba por allí cerca, ansiosa por escuchar. Vince, el asistente legal de la firma y uno de los mejores aliados de Theo, también rondaba por allí, lleno de curiosidad. Y Dorothy, la secretaria del departamento inmobiliario, tenía puesto el radar en alerta máxima porque todas las señales así lo indicaban: 1) Theo había vuelto a faltar a la escuela; 2) Ike estaba allí, y 3) los dos agentes federales habían regresado.

—Vayamos directos al grano —empezó diciendo Slade—. No hemos podido encontrar a Pete Duffy. Creemos que ha cambiado su rutina diaria. También estamos convencidos de que es el hombre que aparece en el vídeo, y tenemos razones para creer que sigue en la capital. —Hizo una pausa, como esperando que alguno de los Boone le preguntara cómo lo sabían, pero todos permanecieron en silencio. Así que prosiguió—: Nos gustaría que Theo y Ike volviesen con nosotros a Washington y nos ayudaran en la búsqueda.

Ackerman se apresuró a intervenir:

—Vosotros dos ya lo habéis visto. Sabéis cuál es su aspecto porque ya lo conocíais de antes, de aquí, de Strattenburg. Theo, en nuestro primer encuentro, dijiste algo de haberlo reconocido también por el modo de caminar, ¿no es así?

El chico no estaba seguro de cómo reaccionar. Hacía solo unos segundos, cuando se habían sentado a la mesa, estaba totalmente aterrorizado. Pero ahora, de repente, se sentía intrigado ante la perspectiva de un nuevo viaje a Washington. ¡Y esta vez a petición del FBI! No habían venido a detenerlo: querían unir fuerzas.

—Eh..., claro —acertó a decir.

—Háblanos un poco más al respecto —lo animó Slade.

Theo miró a la izquierda, a su madre, y luego a la derecha, a su padre. Se aclaró la garganta y dijo:

—Bueno, leí en una novela de espionaje que un tipo estadounidense estaba siendo seguido por unos agentes rusos, del KGB, creo.

—Sí, del KGB —confirmó Slade.

—Pues bien, el estadounidense sabía que todas las caras son diferentes y que las caras son fáciles de transformar. Pero también sabía que cada persona tiene una forma de caminar distinta y que eso es más difícil de disimular. Así que se puso un guijarro en el zapato que le hacía caminar de forma rara. De ese modo logró engañar a los rusos y escapar. Más tarde lo pillaron y lo mataron, pero eso no fue porque tuviera una piedra en el zapato.

—¿Y tú podrías identificar a Duffy por la manera en que camina? —le preguntó Ackerman.

—No lo sé, pero, cuando el jueves pasado lo seguí al salir del metro, reconocí su forma de caminar. No tiene nada de singular, es solo su manera de andar. Lo había visto varias veces durante el juicio.

Sus padres lo miraron con el entrecejo fruncido, como si todo aquello fueran cuentos chinos. Sin embargo, Ike sonreía francamente divertido mientras contemplaba a su sobrino.

—A ver si lo he entendido bien —dijo el señor Boone—. ¿Quieren que Theo vuelva a Washington para que observe a la gente caminando por las calles?

—Eso —replicó Slade— y que viaje en metro para ver si volvemos a tener suerte. Los dos, Theo y Ike. Sabemos que es un palo a ciegas, pero no tenemos nada que perder.

Ike se echó a reír y dijo bruscamente:

—Me encanta. El FBI es la organización contra el crimen más poderosa del mundo, dispone de la mejor y más avanzada tecnología. Y ahora tiene que recurrir a un chaval de trece años que se cree capaz de identificar a una persona por su manera de caminar.

Ackerman y Slade respiraron hondo, sin hacer caso de las palabras de Ike, y decidieron proseguir.

—La agencia se encargará de los vuelos de ida y vuelta —dijo Slade—, y cubrirá todos los gastos. Los de ambos. Nosotros dos estaremos con ustedes, y estarán custodiados en todo momento por agentes federales. No habrá ningún peligro.

—Pues suena bastante peligroso —comentó la señora Boone.

—En absoluto —replicó Ackerman—. Duffy no va a hacer daño a nadie. No creo que quiera buscarse más problemas.

—¿Cuánto tiempo estaría fuera Theo? —preguntó el señor Boone.

—No mucho —respondió Slade—. Hoy es jueves. Si nos damos prisa, podríamos tomar un vuelo al mediodía y estar en Washington para coger el metro en hora punta. Haríamos tareas de vigilancia esta tarde, esta noche y todo el día de mañana, y estaría de vuelta el sábado.

Theo logró poner cara seria y ocultar su emoción. Sin embargo, su madre casi lo arruina todo al decir:

—Creo que también debería ir uno de nosotros, Woods.

—Estoy de acuerdo —convino el señor Boone—, pero tengo dos contratos importantes que debo cerrar el viernes.

—Y yo tengo que estar mañana todo el día en el tribunal —añadió la señora Boone.

Típico de ellos: su padre y su madre siempre estaban enzarzados en una interminable competición para tratar de parecer uno más atareado que el otro.

—Tranquilos —intervino Ike—, yo cuidaré de Theo. No será un viaje complicado, y estoy convencido de que no habrá ningún peligro.

—Pero se perderá dos días enteros de escuela —replicó ella.

Estas palabras parecieron quedar suspendidas sobre la mesa como un argumento en contra irrefutable, hasta que Slade dijo:

—Así es, y lo lamentamos. Pero estoy seguro de que Theo podrá recuperar las clases enseguida. Este es un asunto muy importante, señora Boone, y necesitamos realmente la ayuda de su hijo y de Ike. ¿Tú qué dices, Theo?

—Bueno, odio faltar a la escuela, pero si insisten...

Los cinco adultos sonrieron al oír su respuesta.

8

Cuando Theo, Ike, Slade y Ackerman aterrizaron en el Aeropuerto Nacional Ronald Reagan de Washington, fueron recibidos por otros dos agentes federales, ambos con el mismo traje oscuro, la misma corbata azul marino y la misma expresión seria y ceñuda. Durante las presentaciones de rigor, estrecharon la mano de Theo con firmeza y lo trataron como a un adulto más. Uno de ellos le cogió la bolsa de viaje y dijo: «Por aquí». Un todoterreno negro los esperaba en la puerta de Llegadas, aparcado junto al bordillo en una zona prohibida, ante la mirada impasible de la policía aeroportuaria. Los hicieron entrar a toda prisa en el vehículo, lo cual hizo que el joven Theodore Boone se sintiera como alguien muy importante. Él y Ike se sentaron en la parte de atrás, mientras los cuatro agentes charlaban delante sobre otras personas del FBI. Mientras pasaban a toda velocidad junto a la estatua de Iwo Jima, Theo vio a lo lejos el Monumento a Washington. Hacía solo seis días que había estado en su cúspide, contemplando la ciudad totalmente fascinado. Cruzaron el río Potomac por el puente Arlington Memorial y avanzaron entre el tráfico. Durante el vuelo, Theo había estudiado planos de las calles y de las estaciones de metro de las zonas centro y noroeste de la capital. Quería saber exactamente dónde se encontraba en cada momento. Cuando giraron en la avenida Constitution, vio a su derecha el Monumento a Lincoln. Pasaron junto al Estanque Reflectante y siguieron a lo largo del National Mall hasta dejar atrás el Monumento a Washington. Torcieron a la izquierda en la calle Doce y se dirigieron hacia el norte. El tráfico empezaba a hacerse más denso. De pronto, cerca de la estación de Metro Center, se detuvieron delante de un hotel de la cadena Marriott. Aparcaron de nuevo en una zona prohibida e hicieron retroceder a los porteros mostrándoles sus placas.

«Me parece que a los del FBI no les preocupa mucho la grúa municipal», pensó Theo.

Ya se habían ocupado del registro. Subieron en el ascensor hasta la quinta planta y caminaron con paso decidido hasta llegar a la habitación 520. Uno de los agentes dijo:

—Tu habitación es la siguiente, Theo, y la del señor Boone es la de más allá. Ambas están comunicadas desde el interior. —Se volvió hacia Slade y Ackerman—. La vuestra está al otro lado del pasillo.

La puerta de la habitación 520 se abrió y entraron en una amplia suite llena de más agentes, aunque ninguno de ellos vestía traje oscuro. Un hombre mayor de pelo canoso avanzó hacia ellos con una gran sonrisa y se presentó:

—Hola, muchachos. Soy Daniel Frye, el jefe de este equipo. Bienvenidos a Washington.

Llevó bastante tiempo estrechar la mano y escuchar el nombre de todos. Eran seis agentes y todos vestían de forma diferente. Uno iba enfundado en un chándal granate con las palabras MISSISSIPPI STATE en la pechera. Otro, con vaqueros y botas de montaña, tenía pinta de leñador. Una agente femenina iba vestida como un marinero, en tonos azul marino y blanco, mientras que la otra agente podría haber pasado perfectamente por una indigente. Había también un chico flacucho que parecía tener la misma edad de Theo e iba vestido como un estudiante, con su mochila y su pendiente incluidos. Y el sexto llevaba el pelo tan largo como Ike y tenía el mismo aspecto desaliñado. Por su parte, Frye parecía que acabara de jugar unos hoyos en el campo de golf.

Todos se mostraron muy simpáticos y parecían divertidos ante la idea de trabajar con un chaval de trece años. Theo estaba alucinado y se esforzaba para evitar una sonrisa embobada todo el tiempo. Los agentes estaban sentados en actitud desenfadada por la habitación. Sobre uno de los sofás había una gran variedad de jerséis y gorras.

—Muy bien, Theo —dijo Daniel Frye—, lo primero es lo primero. ¿Cuál es tu equipo favorito?

—Eh..., los Twins de Minnesota.

Frye y algunos de los agentes fruncieron el entrecejo.

—Eso es un poco raro, ¿no? Tú no eres de Minnesota. ¿Por qué los Twins?

—Porque en Strattenburg nadie más apoya a los Twins.

—Me parece bien. El problema es que no tenemos nada de ese equipo —dijo Frye señalando con la mano el surtido de prendas que cubrían el sofá.

—¿Tenéis algo de los Yankees? —preguntó Ike.

—No me van los Yankees —replicó Theo provocando algunas risas.

—Muy bien —dijo Frye—. ¿Y qué tal los Redskins?

—Mejor no —repuso Theo.

Más risas.

—¿Y los Nationals?

—Vale, me gustan los Nationals.

—Estupendo. Ahora vamos a ir a un sitio. Tendrás que ponerte ese jersey de los Nationals con una gorra a juego.

—Sin gorra —replicó Theo.

—Bueno..., perdona, pero creemos que deberías llevarla como parte del disfraz.

—Ya, claro, pero no una gorra de los Nationals. Yo tengo la mía.

—Vale, vale. Nos ocuparemos de eso más tarde. Ahora, si os parece, vamos a estudiar el plan. —Un enorme plano del centro de Washington cubría toda una pared, y sobre el mismo había una hilera de fotos ampliadas, todas de Duffy. Frye se acercó al plano y señaló un punto identificado como MARRIOTT—. Nosotros estamos aquí. La estación de Metro Center se encuentra justo a la vuelta de la esquina. Ahí es donde os montasteis el jueves pasado, ¿verdad?

—Sí, señor.

—Y Duffy ya estaba dentro del tren, ¿no?

—Sí, señor.

—Por cierto, tenemos un nombre en clave para él: Cowboy.

—Tampoco me gustan los Cowboys —dijo Theo provocando un nuevo ataque de risas.

—Bueno, ¿y quién te gusta? ¿Cuál es tu equipo de fútbol americano favorito?

—Los Green Bay Packers.

—Muy bien, entonces lo llamaremos Packer. ¿Estamos todos de acuerdo?

Frye miró a su grupo. Todos se encogieron de hombros. ¿Qué más daba cómo lo llamaran?

—Bien, pues usaremos el nombre en clave de Packer. Sigamos. A las cuatro en punto, tú y el señor Boone subiréis en el metro hasta Union Station y cogeréis el de las cuatro y veintiocho de regreso. Theo irá en el tercer vagón, y el señor Boone en el cuarto. Tendremos agentes en todos los vagones, y siempre habrá uno a menos de tres metros de ti, Theo. Hacia las cuatro y media, tú y el señor Boone estaréis por los andenes de la estación de Judiciary Square, esperando el metro y observando al gentío. —Mientras hablaba, Frye iba señalando en el plano—. Cuando llegue el tren, os montáis y volvéis aquí, a Metro Center. Si no veis nada, seguís hasta Farragut North, os cambiáis de vagón y continuáis hasta Tenleytown. Allí os bajáis y deambuláis por la estación durante una media hora. Allí fue donde se bajó Packer la semana pasada. El martes y el miércoles cubrimos toda esa ruta de forma exhaustiva, pero no vimos nada. A decir verdad, ahora mismo lo único que podemos esperar es un milagro.

—¿Cómo nos comunicaremos? —preguntó Ike.

—Oh, tenemos un montón de juguetitos, señor Boone.

—¿Puedo estar conectado con Ike?

—Claro. Eso será lo mejor. —Frye se acercó a una pequeña mesa sobre la que había varios dispositivos. Cogió uno—. Esto parece un teléfono móvil normal, ¿verdad? —dijo—. Pues en realidad es un walkie-talkie. Si se ponen los auriculares, parecerá que están escuchando música mientras envían mensajes o juegan a algún videojuego. —Se colocó el aparato un poco más cerca de la cara—. Y si tienen que comunicarse, lo acercan a menos de medio metro de su boca, pulsan el botón verde y hablan en voz baja. El dispositivo lo capta prácticamente todo. Nosotros estaremos en la misma frecuencia y escucharemos cuanto digan. Así todos podremos comunicarnos al mismo tiempo.

Miró a Slade y Ackerman y añadió:

—Supongo que querréis uniros a la fiesta.

Ambos asintieron.

—Muy bien. Os daremos un par de maletines y simularéis ser abogados. En esta ciudad solo hay como medio millón de abogados, así que no tendréis problemas para pasar desapercibidos. Yo estaré en la estación de Metro Center; Salter, en Woodley Park; y Keenum, en Tenleytown. ¿Alguna pregunta?

—¿Qué pasa si vemos a Packer? —preguntó Theo.

—Ahora iba a eso. Ante todo, no os quedéis mirándolo. ¿Hay alguna posibilidad de que pueda reconocerte?

Theo miró a Ike y se encogió de hombros.

—Lo dudo mucho. No nos conocemos en persona, nunca hemos estado muy cerca uno del otro. Lo vi en el tribunal cuando lo juzgaban, pero estoy seguro de que él no se fijó en mí, ya que la sala estaba a reventar. También lo vi un par de veces fuera de los juzgados, pero no creo que se acuerde de mí. A ver, no soy más que un niño. ¿Tú qué crees, Ike?

—Yo también lo dudo, pero es mejor no correr riesgos.

—¿Te vio él la semana pasada cuando lo reconociste en el tren?

—No lo creo. No establecimos contacto visual.

—Bien. Si lo ves, no te quedes mirándolo. Y en cuanto puedas, pulsa el botón verde con disimulo y nos informas de ello. Dependiendo de lo cerca que esté de ti, te haremos algunas preguntas. Cuando parezca que se dispone a bajar, nos lo comunicas. Y cuando se baje, lo sigues, pero a una distancia prudencial. Para entonces, nuestros hombres ya estarán preparados para detenerlo.

La idea de estar tan cerca cuando el FBI arrestara a Pete Duffy hizo que se le encogiera el estómago. Sería de lo más emocionante, y Theo se convertiría en un héroe. Aunque lo cierto era que no quería atraer ese tipo de atención.

Frye lo convenció para que se pusiera unas gafas de montura negra como parte del disfraz. Luego pasaron otros diez minutos discutiendo sobre cuál sería la gorra apropiada. A nadie parecía gustarle la que él había traído: la típica gorra verde de John Deere con cinta ajustable. Era bastante improbable que un chaval de ciudad llevara publicidad de un fabricante de maquinaria agrícola, así que Theo acabó cediendo y aceptó ponerse una gorra gris con el logotipo de los Hoyas de Georgetown. Decidieron que no llevara su propia mochila, sino otra mucho más ligera, por si tenía que moverse deprisa cuando siguiera a Duffy por la calle. Él y Ike probaron el funcionamiento de sus nuevas radios y de los auriculares. Cuando lo tuvieron todo preparado, se encaminaron hacia la estación de Metro Center.

Cogieron el metro y Theo encontró un asiento en la parte central del cuarto vagón. Ike, que llevaba una chaqueta informal, unas gafas diferentes, pantalones caqui y mocasines, se sentó enfrente. El tipo con el chándal granate permaneció de pie a unos metros de ellos. Cuando el tren empezó a moverse, Theo se puso los auriculares y recorrió con la vista a la multitud. Estaba fingiendo enviar un mensaje cuando oyó la voz de Frye:

—¿Cómo va la cosa, Theo?

Theo alzó el móvil a corta distancia, pulsó el botón verde y dijo en voz baja:

—Todo bien. Sin rastro de Packer.

—Te recibimos alto y claro.

Theo, Ike y el agente del chándal se bajaron en Union Station, esperaron unos minutos y luego se montaron en el metro que iba en dirección contraria. Al cabo de unos minutos, volvieron a apearse en Judiciary Square. Ahí era donde el FBI suponía que Pete Duffy había cogido el metro. Theo deambuló por la estación, simulando estar abstraído en su música y sus mensajes, al igual que cualquier otro chaval que esperase en el andén. No había ni rastro de Duffy. En una punta de la estación vio a la agente con uniforme de marinero; en la otra, al estudiante flacucho. Fueron llegando más pasajeros, el andén se llenó. Entre el gentío divisó a Slade, que parecía un auténtico abogado. El convoy entró en la estación. No bajó nadie, y los que esperaban se apresuraron a subir. Theo se abrió paso entre el gentío y encontró un lugar hacia la mitad del tercer vagón. Ike desapareció en el cuarto. El agente del chándal estaba a menos de dos metros del chico. Cuando el tren arrancó con una sacudida, Theo miró a su alrededor como si tal cosa.

Nada. Nadie que se pareciera ni remotamente a Pete Duffy.

En Metro Center subieron más pasajeros. En Farragut North, Theo bajó y se apresuró a montarse en el quinto vagón. Nada. Su siguiente y última parada era Tenleytown. Se apearon unos cuantos viajeros, junto con Theo, Ike, el del chándal y la marinera. Cuando se sintió seguro, el muchacho apretó el botón verde y dijo:

—Aquí Theo, acabo de bajar del metro y no he visto nada.

—Aquí Ike, tampoco he visto nada.

Siguiendo las instrucciones, deambularon por la estación hasta que pasaron otros dos trenes. Frye les ordenó que cogieran el siguiente de vuelta y regresaran a Judiciary Square, y eso hicieron. La emoción de Theo se desvanecía por momentos. Había tantas personas viajando en el metro que era prácticamente imposible controlarlas a todas.

Durante dos horas, Theo y Ike circularon en la línea Roja, haciendo una y otra vez el recorrido entre las estaciones de Tenleytown y Judiciary Square.

Si Pete Duffy seguía en la ciudad, o bien viajaba en taxi o bien utilizaba otra línea de metro. Por tercer día consecutivo, la búsqueda había sido en vano.

Una vez en la habitación del hotel, Theo se cambió el jersey de los Nationals y se quitó la gorra de Georgetown. Llamó a su madre y le hizo un informe completo. Aunque estaba aburrido de tanto metro, seguía disfrutando con la búsqueda. Aun así, en su opinión estaban perdiendo el tiempo.

A primera hora del viernes, Theo, Ike y el resto del equipo volvieron a descender al subterráneo y estuvieron viajando en metro durante tres horas. Nada de nada. A las diez y media, Frye suspendió la búsqueda, y Theo y Ike regresaron al Marriott. Mataron el tiempo como pudieron y luego comieron sin apenas cruzar palabra en el restaurante del hotel. Se planteaban hacer un poco de turismo cuando Frye apareció y los invitó a visitar la sede central del FBI. A ambos les entusiasmó la idea y permanecieron un par de horas en las instalaciones del edificio J. Edgar Hoover, en la avenida Pennsylvania. A las cuatro volvieron al metro, donde pasaron varias horas observando a desconocidos sin ver nada de interés.

A las siete, Theo ya estaba muy harto de todo: del metro, de las hordas de gente, de pensar constantemente en Pete Duffy y de la ciudad de Washington. Solo quería volver a casa.

9

El agente Daniel Frye era un tipo simpático, pero se estaba convirtiendo en un auténtico «sargento de hierro». Insistió en que el equipo trabajara a primera hora del sábado porque, quién sabía, tal vez Pete Duffy se dejara ver. Estaba claro que había cambiado sus movimientos, pero, como Theo y Ike aún estaban en la ciudad, ¿por qué no hacer unos cuantos viajes más en metro y esperar que ocurriera el milagro? Al fin y al cabo, su vuelo no salía hasta el mediodía.

A primera hora, durante el desayuno, tío y sobrino hablaron de algo que resultaba evidente: si Pete Duffy no había pasado por su apartamento en cuatro días, era lógico deducir que se había marchado. Se habría asustado por algo y habría vuelto a desaparecer. La suerte les había sonreído una vez, pero ahora los había abandonado.

Devoraron sus tortitas y luego se reunieron con el grupo para una última incursión en las entrañas del metro.

Pero el milagro no se produjo. A las diez, Theo, Ike, Slade y Ackerman dejaron el hotel en otro vehículo negro del FBI y partieron en dirección al aeropuerto. Pasaron los controles y, tras caminar un buen rato por la terminal, llegaron a su puerta de embarque. Aún faltaba una hora para subir al avión, y Theo no tardó en aburrirse. Estaba cansado de aquella pequeña aventura y, además, se sentía irritado por haberse perdido la sesión semanal de golf con su padre.

El día anterior, durante la visita al edificio Hoover, había fantaseado con la idea de convertirse en un agente del FBI, viajar por todo el mundo persiguiendo terroristas y esas cosas. Sin embargo, ahora había desechado esos pensamientos: no se imaginaba ejerciendo una profesión que implicara estar sentado en un metro durante horas interminables. Le dijo a su tío que iba en busca de un lavabo y que luego se daría una vuelta por la terminal. Ike estaba enfrascado en la lectura del periódico y soltó un gruñido a modo de respuesta. Slade y Ackerman hablaban por sus móviles mientras contemplaban cómo los aviones despegaban y aterrizaban a lo lejos.

La terminal no estaba muy concurrida. Theo pasó por delante de una librería, una tienda de regalos, un par de bares donde había ya algunos tipos bebiendo más de la cuenta, una deprimente salita donde los fumadores permanecían encerrados y varios restaurantes. Fue al lavabo y, al salir para continuar su paseo por la terminal, topó con un hombre que parecía tener mucha prisa. El choque no fue muy brusco, pero suficiente para que al tipo se le escapara el *trolley* de la mano.

—Perdón —se disculpó el hombre.

Se apresuró a recoger la maleta. Al hacerlo, sus gafas resbalaron y cayeron.

Theo también se excusó, un tanto avergonzado. Entonces miró al hombre y retrocedió un paso. Algo en él le resultaba familiar. De hecho, se parecía mucho a Pete Duffy, pero con el pelo rubio y con unas gafas distintas. El tipo se quedó inmóvil un momento, miró fijamente a Theo como si lo conociera y luego sonrió como si no pasara nada. El chico también se quedó paralizado, pero recordó al momento la advertencia de Frye: no quedarse mirando al sujeto. Duffy continuó su camino a toda velocidad, y Theo se escondió detrás de un quiosco. Mientras lo observaba avanzar por la terminal, comprendió que había visto antes esa manera de caminar. Llamó a Ike, pero le salió el buzón de voz. También tenía registrados los números de Slade y Ackerman. Probó a llamar al primero al mismo tiempo que echaba a andar detrás de Duffy, quien ya empezaba a alejarse. El hombre miró dos veces por encima de su hombro, como si presintiera que alguien lo seguía.

Slade respondió al cuarto tono.

—¿Sí, Theo?

—He visto a Packer —dijo—. Venid deprisa.

—¿Dónde?

—En la terminal. Acaba de pasar delante de la puerta treinta y uno. Lleva prisa, creo que va a coger un vuelo.

—Síguelo. Estaremos ahí enseguida.

Theo avanzó por un lado de la terminal, procurando permanecer oculto. Le costaba seguir el ritmo de Duffy. Sin embargo, cuando llegaba a la puerta 27, el hombre aminoró el paso y se colocó al final de una larga cola de gente que se disponía a embarcar. Miró de nuevo por encima del hombro, pero Theo se había escondido detrás de un puesto de información. Aguardó durante lo que le pareció una eternidad hasta que vio a Slade y Ackerman caminando apresurados hacia él. Ike trataba de seguirles el paso.

Theo les hizo señas para que se acercaran.

—Está en la puerta veintisiete, espera para embarcar.

—¿Estás seguro de que es él? —preguntó Ackerman.

—Bastante seguro. Hemos establecido contacto visual. Creo que ha pensado que me había visto antes en alguna parte.

—¿Cuál es? —dijo Ackerman mientras se asomaba por encima del puesto de información.

La mujer del mostrador le preguntó:

—¿Puedo ayudarles en algo?

—FBI —respondió Slade—. Todo está bien, señora.

—Se encuentra al final de la cola —dijo Theo—. Chaqueta marrón, pantalones caqui, maleta negra. Ahora lleva el pelo rubio.

Ackerman miró la gran pantalla que había encima de ellos.

—Puerta veintisiete. Vuelo de la compañía Delta a Miami, sin escalas.

—Llama a Frye —le dijo Slade—. Que haga que el vuelo se retrase, o que no despegue o lo que sea. Nosotros nos quedaremos aquí y dejaremos a Packer que embarque. En ese momento ya no tendrá escapatoria.

—Muy bien —respondió Ackerman tecleando en su móvil.

Slade prosiguió:

—Yo me pondré en la cola detrás de él para asegurarme de que no vuelve a desaparecer.

Caminó con naturalidad por la terminal, como un pasajero más, y se colocó en la fila del vuelo a Miami. Había seis personas entre él y el objetivo. La cola avanzaba lentamente, y Duffy parecía un tanto nervioso. Probablemente se estaba preguntando dónde había visto antes a ese chico y no paraba de mirar a su alrededor. Mientras tanto, Ackerman hablaba por el móvil con Frye. Ike estaba agachado junto a Theo, respirando con fuerza. La mujer del mostrador de información los miraba perpleja. Seguramente pensaba: «Ese niño no es un agente del FBI», pero no dijo nada.

Ackerman se guardó el móvil en el bolsillo y dijo:

—Ya está. El vuelo se retrasará hasta que hagamos lo que tenemos que hacer. Packer no va a ir a Miami. Suponiendo, claro está, que sea Packer.

—¿Es Duffy? —le preguntó Ike a su sobrino con un gruñido.

—Espero que lo sea —replicó Theo.

Y una vez más, casi le dio algo pensando que quizá había señalado al hombre equivocado. ¿Y si había cometido un gran error?

Pero era Duffy, sin duda. Theo le había visto los ojos y reconocido su forma de caminar.

En cuanto Duffy le entregó su tarjeta al auxiliar de Delta y desapareció por la puerta hacia el pasillo de embarque, Slade se acercó al mostrador. Le enseñó su placa a otro agente de la compañía y dijo:

—FBI. Este vuelo no puede despegar todavía.

Ackerman se encaminó a toda prisa hasta la puerta 27, seguido por Theo y Ike. Todos los pasajeros habían embarcado, y la tripulación se preparaba para el despegue.

—Voy a subir a bordo —dijo Ackerman— para ver dónde está sentado. De ese modo podremos saber qué nombre ha usado.

—Bien pensado —aprobó Slade.

Ackerman le explicó su idea al auxiliar de Delta y embarcó a toda prisa. Cinco minutos más tarde estaba de vuelta en el mostrador.

—Asiento catorce B. ¿Cuál es el nombre del pasajero?

El auxiliar tecleó en su ordenador y estudió la pantalla.

—Señor Tom Carson. Compró el billete ayer en la oficina de Delta en la avenida Connecticut.

—¿Pagó en efectivo o con tarjeta?

—Déjeme ver... En efectivo.

—¿Solo ida?

—Correcto.

—Muy bien. Creo que deberíamos mantener una charla con ese hombre. Hay una orden de arresto contra él, así que antes tenemos que verificar su identidad y eso nos puede llevar un tiempo. Pídale al piloto que anuncie que habrá una ligera demora. No creo que a nadie le sorprenda mucho.

—Ya. Es bastante habitual.

Al cabo de veinte minutos, Daniel Frye llegó a toda prisa con otros tres agentes, los tres desconocidos para Theo. Habló en corrillo con Slade y Ackerman, y luego le preguntó a Theo:

—¿Estás seguro?

Theo asintió y contestó:

—Al noventa por ciento.

—Muy bien, este es el plan —dijo Frye—: lo haremos bajar del avión y hablaremos con él. Comprobaremos su documentación y veremos qué sacamos en claro. Si nos equivocamos de hombre, entonces nos disculparemos, lo dejaremos marchar y confiaremos en que no nos demande.

Theo y Ike estaban sentados en la espaciosa sala de espera, de espaldas a la pared, cuando Frye y el señor Tom Carson salieron por la puerta de embarque. Este último parecía indignado o asustado; en cualquier caso, no se le veía muy contento. Acto seguido se les unieron los otros agentes. Y en ese momento, Carson vio a Theo al otro lado de la sala: le dirigió una mirada asesina.

Se lo llevaron a una oficina del aeropuerto para interrogarlo.

Mientras Theo y Ike esperaban, empezaron a preocuparse por su vuelo. No podían embarcar hasta saber con certeza si Carson era Duffy/Packer. Tampoco es que quisieran marcharse.

Sin embargo, Frye era un agente curtido, y Duffy, solo un aficionado. Tras quince minutos de interrogatorio, su historia empezó a desmoronarse. Finalmente confesó quién era. Toda su flamante documentación —carnet de conducir expedido en Maryland, tarjeta de la Seguridad Social, pasaporte...— era falsa. Tenía un billete de la compañía United para volar de Miami a São Paulo (Brasil) y llevaba encima nueve mil dólares en efectivo. Por solo un cuarto de hora no había logrado irse de rositas.

Después de que Frye le informara de que estaba arrestado, Duffy pidió un abogado y ya no dijo nada más.

Theo y Ike esperaban de pie en la terminal, cerca de la oficina donde lo habían interrogado, cuando sacaron a Duffy esposado. Al pasar junto a ellos, volvió a fulminar a Theo con la mirada.

El agente especial Daniel Frye se acercó a ellos, seguido por Slade, Ackerman y otro agente. Frye le puso a Theo una mano en el hombro y dijo:

—Buen trabajo, muchacho.

10

Llovía con fuerza cuando Theo se despertó en su propia cama el domingo por la mañana. Le dio los buenos días a Judge, que solía dormir debajo de la cama, o a veces al lado, o incluso encima, pero el perro no abrió los ojos. Theo cogió su portátil y entró directamente en la edición *online* del periódico matutino de Strattenburg. El titular destacaba en grandes letras: PETE DUFFY ARRESTADO EN EL AEROPUERTO DE WASHINGTON. Theo leyó el artículo a más velocidad de la que había leído en su vida. Ya conocía los hechos: lo que buscaba era su nombre. El suyo y el de Ike. Gracias a Dios, no aparecían por ninguna parte.

Respiró hondo y volvió a leer el artículo. Después de recibir un soplo anónimo, un grupo de agentes del FBI había detenido a Pete Duffy a bordo de un avión que estaba a punto de despegar con rumbo a Miami, etcétera, etcétera. Duffy tenía intención de marcharse a São Paulo (Brasil) con documentación falsa y una gran cantidad de dinero en efectivo. Según una fuente no mencionada, el FBI había encontrado su rastro la semana anterior. Se creía que había estado viviendo en la zona de Cleveland Park durante varias semanas. La empresa que había proporcionado la identidad falsa al señor Tom Carson también estaba siendo investigada. Duffy se encontraba en prisión en Arlington, Virginia, y se esperaba que fuera trasladado a Strattenburg en los próximos días. El periódico había intentado contactar con su abogado, Clifford Nance, pero no habían tenido respuesta. La policía local y los fiscales tampoco habían hecho declaraciones.

El artículo seguía con una descripción de los cargos de asesinato contra Duffy, una información que prácticamente conocía todo el mundo en la ciudad desde hacía más de un año. Había una foto de la víctima, Myra Duffy, estrangulada en el salón de su casa un jueves por la mañana mientras su marido jugaba en el campo de golf de la urbanización donde vivían, Waverly Creek. Había también otra foto del señor Duffy entrando en el edificio del tribunal durante la celebración de su juicio. Dicho juicio acabó de forma abrupta cuando el juez Henry Gantry declaró la nulidad y envió al jurado a casa. Por aquel entonces se rumoreaba que, a última hora, había aparecido un misterioso testigo que situaría al señor Duffy en su casa en el momento del asesinato. La identidad de ese testigo no se reveló. Y justo cuando iba a empezar a celebrarse el segundo juicio, Duffy desapareció.

Theo conocía muy bien esa información: él había estado en medio de todo aquello. Y ahora volvía a estarlo, y eso lo ponía nervioso. Mejor dicho, lo asustaba a más no poder, ya que Duffy tenía amigos muy peligrosos. Sin embargo, el FBI lo había tranquilizado diciéndole que su nombre no aparecería en la versión oficial. De momento así había sido, pero Ike no confiaba en que la policía local supiera mantener el secreto.

El artículo continuaba diciendo que Duffy no solo se enfrentaba a otro juicio por asesinato, sino también a un nuevo cargo por fuga y evasión de la justicia. Esto conllevaba una sentencia de diez años como máximo. Theo se preguntaba cómo diantre iba a justificar Duffy haberse fugado.

Despertó a Judge y bajaron. Sus padres, todavía en pijama, estaban sentados a la mesa de la cocina leyendo el mismo periódico y bebiendo café solo (su padre) y un refresco bajo en calorías (su madre). Tras darse los buenos días con aire somnoliento, la señora Boone le preguntó:

—¿Has visto el periódico?

—Sí, acabo de leerlo. No aparece mi nombre.

Sus padres forzaron una sonrisa y asintieron. Ellos también estaban muy preocupados por la implicación de Theo. Pero ¿qué se suponía que debería haber hecho? Había visto a Duffy en el metro, un hombre buscado por asesinato. Su obligación como ciudadano era dar aviso a las autoridades.

Ambos estaban de acuerdo en que su hijo había actuado correctamente, pero, aun así, no les hacía ninguna gracia. Casi deseaban que no hubiera hecho nada.

—Parece que pasará, como mínimo, diez años entre rejas, ¿verdad? —dijo Theo.

El señor Boone soltó un gruñido y comentó:

—Eso parece. No veo cómo va a alegar que no es culpable de haber huido de la justicia.

—Tendrá suerte si no lo condenan a la pena de muerte —añadió la señora Boone.

Theo preparó dos tazones de Cheerios, uno para él y otro para Judge. Sus padres estaban absortos en la lectura del periódico, sin disimular su preocupación.

Al cabo de un rato, Theo preguntó:

—¿Vamos a ir a la iglesia?

—Es domingo por la mañana, Theo —dijo su madre—. ¿Por qué no íbamos a ir a la iglesia?

—Solo preguntaba, eso es todo.

«Estupendo. Juguemos al juego del silencio.»

Después de asistir a misa y almorzar, Theo tenía ganas de salir un rato. Le dijo a su madre que iba a dar una vuelta con la bici, llevando a Judge sujeto con la correa. Ella le contestó que volviera antes de oscurecer. Salió disparado de casa, pedaleando a toda velocidad por las sombreadas calles de su tranquilo barrio. Saludó al señor Nunnery, un anciano que siempre estaba sentado en su porche, y le gritó «Hola» a la señora Goodloe, una vecina que no podía oírlo porque estaba muy sorda.

Una vez más, Theo se sintió agradecido por vivir en una población donde los chavales podían montar en bici con total libertad, sin preocuparse por el denso tráfico ni por el gentío que abarrotaba las aceras. Nunca sería capaz de vivir en un lugar como Washington. La ciudad era muy chula, estaba muy bien para ir de visita, pero él necesitaba espacio. Con Judge galopando a su lado como el perro más feliz del mundo, Theo pedaleaba zigzagueando una y otra vez. Evitaba en la medida de lo posible el centro urbano, donde algún policía aburrido podría recriminarle haberse saltado una señal de «Stop». Conocía a la mayoría de los agentes de la ciudad y eran, en general, muy simpáticos, pero algunos pensaban que los chicos en bici debían cumplir estrictamente las normas de circulación.

Uno de sus lugares favoritos era el campus de la Universidad de Stratten, donde los estudiantes se lanzaban discos voladores y descansaban de forma distendida sobre las amplias zonas cubiertas de césped. Le gustaba esa universidad, pero no estaba seguro de si querría estudiar allí. Se encontraba demasiado cerca de casa y, con solo trece años, ya estaba pensando en marcharse lejos.

El barrio de Delmont se hallaba bastante cerca de la escuela. En sus viejos dúplex, sus bloques de apartamentos y sus casas un tanto maltrechas, vivían muchos de los alumnos del colegio. Era una especie de versión rústica del centro de la ciudad, con cafeterías, bares y librerías de segunda mano. Encontró la calle que buscaba, y luego la pequeña casa donde Julio Pena y su familia residían desde hacía varios meses.

Anteriormente, los Pena vivían en el albergue para gente sin hogar de Highland Street. Theo había conocido allí a Julio y le había ayudado con sus tareas escolares. Iba a séptimo curso en la Escuela de Enseñanza Media Strattenburg, y Theo lo veía de vez en cuando en el patio. Su primo, Bobby Escobar, era el testigo clave de la acusación contra Pete Duffy.

El día que Myra Duffy fue asesinada, Bobby se hallaba en el campo de golf de Waverly Creek, donde trabajaba desde hacía tres meses. Llevaba en Estados Unidos cerca de un año y había entrado de forma ilegal, procedente de El Salvador. Algunos lo llamaban «inmigrante ilegal»; otros, «trabajador indocumentado».

Theo había leído en el periódico que había unos once millones de personas en la misma situación que Bobby, y que vivían y trabajaban de forma clandestina en el país.

Aquel día, Bobby almorzaba tranquilamente bajo unos árboles del campo de golf cuando vio aparecer a Pete Duffy en su cochecito eléctrico. El hombre entró a hurtadillas en su casa, permaneció dentro unos diez minutos, volvió a montar en su carrito de golf y se escabulló a toda prisa. Eso fue hacia las once y cuarenta y cinco, aproximadamente la misma hora en que Myra Duffy fue estrangulada hasta morir. Bobby tenía miedo de declarar por razones evidentes: no quería ser deportado. Sin embargo, Theo lo convenció para que hablara con el juez Gantry. Esto sucedió cuando el juicio ya estaba en curso, y fue la razón por la que el magistrado lo declaró nulo. Desde entonces, la policía se había comprometido a proteger a Bobby y a garantizar que no tendría ningún problema con Inmigración. El señor y la señora Boone estaban moviendo papeles para apadrinarlo y ayudarlo a obtener la ciudadanía, pero el proceso era muy lento.

Theo llamó a la puerta, pero no contestó nadie. Tras asomarse al patio trasero, volvió a montar en su bici. Llegó a un pequeño parque al final de la calle, donde encontró a algunos chavales jugando un improvisado partidillo de fútbol. Había mucha gente viéndolos y deambulando por allí. Todos parecían hispanos. Julio estaba detrás de una de las porterías con un grupito de chicos, incluidos sus hermanos Héctor y Rita, pasándose un balón y matando el tiempo. Theo se fue acercando poco a poco hasta que Julio lo vio. Este sonrió, caminó hacia él y le dijo:

—Theo, ¿qué haces por aquí?

—Nada, doy una vuelta con la bici.

Cuando la familia Pena vivía en el albergue, Theo había enseñado inglés a Héctor y a Rita. Al verlo hablando con su hermano, corrieron a saludarlo. Judge no tardó en llamar la atención de los pequeños, que cogieron la correa y se lo llevaron a dar un paseo. Cuando vieron al perro, un montón de críos se acercaron para acariciarlo y decirle cosas. Fue un gran momento para Judge.

Los dos chicos charlaron un poco sobre esto y aquello, hasta que Theo encontró la oportunidad de preguntarle:

—Oye, Julio, ¿cómo le va a Bobby? ¿Sigue viviendo con vosotros?

Julio frunció el entrecejo y apartó la vista en dirección al partido de fútbol.

—Se quedará un tiempo con nosotros y después volverá a su antiguo apartamento. ¿Sabes?, todavía está bastante asustado. Además, Bobby y mi madre no se llevan muy bien.

—Qué lástima.

—Sí, se pelean mucho. A Bobby le gusta la cerveza y trae botellas a casa, y eso pone furiosa a mi madre. Ella no quiere ese tipo de comportamientos bajo su techo, dice que es su casa y que tiene que obedecer sus normas. Y creo que también anda metido en otras cosas malas, ya sabes...

—Sí, lo sé —dijo Theo, aunque en realidad no tenía ni idea—. Eso no es bueno. ¿Sigue trabajando en el campo de golf?

Julio asintió.

—Oye, Julio, hay algo que Bobby tiene que saber: han encontrado a Pete Duffy y lo han arrestado. Van a trasladarlo a la ciudad para juzgarlo de nuevo.

—¿El tipo que mató a su esposa?

—Sí, y Bobby va a convertirse otra vez en una persona muy importante. ¿Sabes si ha hablado últimamente con la policía?

—No lo sé. No lo veo todos los días.

—Bueno, creo que deberías hablar con Bobby para hacérselo saber. Estoy seguro de que la policía no tardará en ir a verlo para tener una charla.

Theo querría haber comentado algo sobre Omar Chee-pe, Paco y los otros tipos peligrosos que aún rondaban por la ciudad, y que seguramente seguían trabajando para Pete Duffy. Pero no quería provocar más alarma. Si Bobby se asustaba, desaparecería en mitad de la noche.

—Está pensando en volver a El Salvador —dijo Julio—. Su madre se está muriendo, y siente mucha añoranza de su tierra.

—¿La hermana de tu madre?

—Sí.

—Lo siento mucho. Pero mis padres están ayudando a Bobby a conseguir un permiso de trabajo. No debería marcharse en estos momentos, Julio. ¿Puedes decírselo?

—Se trata de su madre, Theo. Si tu madre se estuviera muriendo, ¿no querrías volver a casa cuanto antes?

—Por supuesto.

—Además, todavía está bastante nervioso por verse envuelto en ese asunto. La semana pasada, unos amigos suyos que trabajan en un campo de manzanos no muy lejos de aquí fueron arrestados por no tener papeles. Ahora están encerrados no sé dónde, a la espera de ser deportados a El Salvador. No es fácil vivir así, Theo. Puede que te cueste entenderlo, pero Bobby no quiere verse implicado. Él no confía en todo el mundo, como tú haces.

—Ya, lo entiendo.

Héctor y Rita volvieron con Judge. Se habían cansado del perro y deseaban devolverle la correa a Theo. Por su parte, Judge ya estaba harto de tanta atención y quería marcharse. Theo se despidió de los Pena y se alejó en su bici.

11

El profesor favorito de Theo era el señor Mount, responsable de su clase de tutoría y asesor del equipo de debate. Tenía treinta y tantos años, seguía soltero y flirteaba a menudo con las maestras jóvenes. Mostraba una actitud optimista y desenfadada ante la vida que a sus alumnos les encantaba. Su familia estaba llena de abogados, y él mismo se había licenciado en la facultad de Derecho. Incluso había trabajado en un gran bufete de Chicago durante un año que prefería no recordar. Lo que a él le gustaba de verdad era la enseñanza, disfrutaba rodeado de chavales, y había decidido que su lugar estaba en un aula y no en un juzgado. En la tercera hora de la mañana impartía la asignatura de gobierno, y con frecuencia dejaba que los muchachos discutieran sobre el tema que quisieran, siempre que estuviera mínimamente relacionado con la política, la historia o la ley. Además, sus exámenes eran bastante fáciles.

Duffy aparecía en todas las noticias, así que no era muy difícil adivinar sobre qué hablarían en clase esa mañana de lunes.

—Tengo una pregunta —dijo Darren, poco después de que el señor Mount impusiera el orden entre sus alumnos.

—¿De qué se trata, Darren?

—En el periódico pone que Pete Duffy podría recurrir su extradición a Strattenburg. ¿Qué significa eso?

El señor Mount miró a Theo, pero decidió que era mejor que abordara él mismo la cuestión. Theo sabía más de leyes que cualquiera de los presentes —salvo el profesor, claro—, pero a menudo se mostraba reacio a destacar en las discusiones. No quería parecer un sabelotodo.

—Buena pregunta —dijo el señor Mount—. La extradición es un procedimiento legal por el cual una persona que es detenida en un estado es enviada de vuelta al estado donde cometió el delito. Obviamente, esa persona no quiere regresar al lugar donde tiene problemas con la justicia, así que a menudo intenta evitar el traslado. Es una pérdida de tiempo, porque al final los tribunales deciden siempre que el sujeto sea enviado de vuelta. El único caso en que la cuestión es más peliaguda es cuando en uno de los estados rige la pena capital y en el otro no. Pero, incluso en ese caso, el acusado tiene las de perder. La situación se complica cuando la extradición se pide entre países, ya que Estados Unidos no tiene convenios de extradición con todas las naciones. ¿Alguien ha visto la película *El gran asalto al tren*?

Unos cuantos alzaron la mano.

—Es la historia real de un asalto ocurrido en Inglaterra en los años sesenta. Los atracadores obligaron a detenerse a un tren cargado con dinero y consiguieron escapar con un fabuloso botín. Al final arrestaron a todos los miembros de la banda excepto a uno, que logró huir a Brasil, el mismo lugar adonde se dirigía Duffy. En aquella época, Brasil y el Reino Unido no tenían firmado ningún convenio de extradición, por lo que el tipo pudo darse la gran vida en el país americano, sin que la policía británica pudiera ponerle las manos encima.

—¿Y qué pasó con él? —preguntó Darren.

—Al final echaba tanto de menos su propio país que volvió a Londres. Creo que murió en prisión.

—Yo tengo otra pregunta —intervino Woody—. Mi padre dice que es inaudito que una persona acusada de asesinato pueda pagar una fianza y quedar en libertad mientras espera a ser juzgado. Pero en el caso de Pete Duffy eso fue lo que ocurrió, y luego mire qué pasó. Como era rico, consiguió un trato especial, ¿no? Mi padre dice que cualquier otra persona habría seguido entre rejas y no habría podido darse a la fuga. No entiendo muy bien eso de la fianza.

El señor Mount volvió a mirar a Theo. Este tomó la palabra:

—Bueno, tu padre tiene razón. La mayoría de los jueces ni siquiera se plantearían fijar una fianza en un caso de asesinato. Hay otras situaciones en que el delito también es grave, pero no de carácter violento. Por ejemplo, el desfalco, cuando lo pillan a uno robando grandes cantidades de dinero de la empresa de su jefe. En esos casos, el abogado puede solicitar al magistrado que fije una fianza razonable. El fiscal siempre pedirá que sea una cantidad alta, mientras que el abogado defensor pedirá que esa cifra se rebaje. Pongamos que el juez establece una fianza de ciento cincuenta mil dólares. Entonces hay que acudir a un fiador judicial y depositar el diez por ciento en efectivo. El fiador redacta el contrato de fianza, el acusado queda en libertad provisional, y todo el mundo contento. Si el acusado no se presenta ante el juez cuando es requerido, el fiador tiene el deber de perseguirlo y llevarlo ante el tribunal.

—¿Cómo consiguió Duffy que le concedieran la fianza?

—Tenía dinero. Su fianza se fijó en un millón de dólares, y para pagarlo ofreció en garantía unos terrenos por ese valor. No recurrió a un fiador judicial, sino que su abogado arregló el asunto directamente con el tribunal.

—¿Qué ocurrió cuando desapareció?

—El condado se quedó los terrenos. Ni más ni menos.

—Y ahora que lo han encontrado, ¿se los devolverán?

—No, los ha perdido para siempre. Según mi padre, el condado los venderá y se quedará con el dinero.

—¿Podrá conseguir otra vez la libertad bajo fianza?

—No, no después de haber incumplido la primera. Ningún juez se planteará concedérsela a un prófugo.

—¿Podremos ir a ver el nuevo juicio, señor Mount? —preguntó Ricardo.

El profesor sonrió y dijo:

—Lo intentaremos, es cuanto puedo prometer. Si se celebra demasiado pronto, dudo que podamos asistir.

—Me pregunto cómo lo habrán cogido —comentó Brian.

«Si tú supieras...», pensó Theo.

Por la tarde, durante la hora de estudio, preguntó al señor Mount si podía salir unos minutos: tenía que ocuparse de unos asuntos. El profesor lo miró con suspicacia, aunque acabó dándole permiso. Theo podía meterse en problemillas de vez en cuando, pero nunca cometería ninguna tropelía.

Encontró a Julio en el patio, jugando otra vez al fútbol. El chico se tomó un descanso y se acercó a Theo. Juntos contemplaron cómo se desarrollaba el partido.

—¿Ha habido suerte con Bobby? —preguntó Theo en voz baja.

—Sí, lo vi anoche. Le conté lo que me dijiste, se puso muy nervioso. Se pregunta por qué diablos se habrá visto envuelto en un juicio por asesinato. Tiene todo a perder y nada que ganar, y en realidad no le importa si ese Duffy acaba en prisión o no. Además, está muy preocupado por su madre.

—No se le puede culpar por eso.

—¿Sabes, Theo?, habría sido mejor que no hubieran atrapado a Duffy.

—Puede que tengas razón —dijo Theo, como si de pronto se sintiera culpable. Pero ¿culpable de qué? Había identificado a un prófugo y había hecho lo que debía—. Dile a Bobby que todo irá bien, ¿de acuerdo, Julio? Tiene que cooperar con la policía.

—Puede que deje que se lo digas tú mismo.

—Pues estoy dispuesto a hacerlo.

Mientras regresaba al aula, se reprochó mentalmente por haberse involucrado tan a fondo en aquello. Había metido las narices en asuntos que no le incumbían y ahora deseaba no haberlo hecho. El circo Duffy volvería a tomar la ciudad, y cabía la posibilidad de que aquellos tipos malos siguieran rondando por allí cerca. Si se filtraba que Theo y Ike habían sido los responsables de la captura de Duffy, las cosas podrían ponerse muy feas. Y Bobby Escobar no dudaría en desaparecer en cualquier momento.

Después de la escuela, Theo se pasó por el bufete para «fichar». Elsa lo informó de que esa semana ya había llevado la misma camisa dos veces y estaba cansada de vérsela puesta. Él le agradeció la observación y se dirigió a su despacho, un pequeño cuarto en la parte de atrás que antiguamente se usaba como lugar de almacenaje. Todo el mundo estaba muy ocupado, así que se despidió de Judge, se escabulló por la puerta trasera y pedaleó hasta el centro para encontrarse con April Finnemore en el Guff's Frozen Yogurt de Main Street.

Theo pidió su yogur favorito: chocolate cubierto con trocitos de Oreo. April nunca pedía dos veces lo mismo. Era una artista, un alma creativa, y siempre estaba probando cosas nuevas. Theo no entendía aquella inquietud, y ella no en-

91

tendía que él fuera tan rígido en sus costumbres. Él vivía con un ojo puesto en el reloj y rara vez experimentaba. April culpaba de ello a sus padres.

Después de probar tres muestras de sabores distintos, mientras Theo esperaba impaciente, April se decidió finalmente por un yogur de pistacho con nueces. ¿Nueces? Pero Theo no dijo nada. Se sentaron en su reservado favorito, uno con bastante privacidad, y ella fue directamente al grano diciendo con firmeza:

—Ahora quiero que me expliques por qué faltaste a la escuela el jueves y el viernes.

—Se supone que no puedo contarlo.

—Estás actuando de un modo muy raro, Theo. ¿Qué pasa?

April era la única de sus amigos que sabía guardar un secreto. Procedía de una familia desestructurada, en la que los comportamientos extraños estaban al orden del día y en la que la dejadez era tal que resultaría bochornoso si llegara a saberse. Por esa razón, había aprendido a ser reservada desde muy pequeña. También podía oler los problemas a la legua. Si Theo estaba preocupado, asustado o de un humor raro, April lo detectaba al momento e indagaba con su habitual: «Muy bien, Theo, ¿qué pasa?». Él siempre se lo contaba y acababa sintiéndose mejor. Ella también le explicaba sus cosas, generalmente relacionadas con su familia, aunque también con sus sueños de marcharse lejos, convertirse en una gran artista y vivir en París. La mayoría de los chicos no aguantarían mucho aquellas fantasías, pero Theo adoraba a April y le encantaba escucharla.

Theo tomó una cucharada de yogur, se limpió unos trocitos de Oreo de la boca con una servilleta y, tras mirar alrededor para asegurarse de que nadie escuchaba, dijo:

—Bueno..., ¿has leído ese artículo sobre la detención de Pete Duffy?

—Claro, la noticia sale en todas partes.

—Pues esto es lo que ocurrió en realidad.

Y le contó la historia.

—Theo, lo que hiciste fue muy valiente y te llena de honra. Eres el responsable de haber llevado a un asesino ante la justicia. Desde el momento en que lo viste y comprendiste quién era, no tuviste elección. Estoy muy orgullosa de ti. No me imagino a otro chico que pudiera haber hecho lo mismo. ¡Lo pillaste dos veces!

—Pero ¿y si descubre quién soy? Si hubieras visto la expresión de su cara cuando se lo llevaban esposado, tú también estarías asustada.

—No va a hacerte ningún daño. Ya tiene bastantes problemas. Además, dudo que te reconozca. Ese hombre no sabe quién eres. No eres más que un chaval de trece años al que vio en el aeropuerto mientras debía de encontrarse en estado de shock. Yo no me preocuparía por eso.

—Muy bien, ¿y qué hay de Bobby Escobar? Él sí que va a estar totalmente expuesto y es muy probable que se sienta aterrorizado. Le he complicado seriamente la vida.

—También será el testigo clave. Hay que confiar en que la policía protegerá al testigo principal. ¿Tengo razón o no?

—Supongo. Pero Duffy tiene algunos matones con los que ya tuve que vérmelas durante el primer juicio. Y seguramente todavía anden rondando.

—Tal vez no. Puede que se marcharan de la ciudad cuando Duffy escapó. Supongamos que siguen aquí. ¿Qué ganarían haciéndote daño? Solo eres un niño. Si te dieran una paliza, ¿cómo ayudaría eso a Duffy en su juicio por asesinato?

—Me da igual que me peguen.

—Tranquilízate, Theo, te estás preocupando demasiado por todo esto.

—Vale, voy a decirte otra cosa que sí me preocupa. Es algo a largo plazo, pero aun así pienso en ello. Pongamos que Duffy es juzgado, declarado culpable de asesinato y condenado a la pena capital. Y entonces un día lo obligan a avanzar por el corredor de la muerte de la prisión de Deep Rock, le clavan una aguja en el brazo y adiós, muy buenas. Si lo ejecutan, yo tendré parte de la culpa.

—Mira, Theo, tú siempre dices que hay que confiar en la ley, ¿no?

—Por supuesto.

—Y las leyes de este estado dicen que si una persona es condenada por asesinato en primer grado, esa persona merece la pena de muerte. Yo no estoy de acuerdo, pero es la ley. Nadie puede culparte por cumplir la ley.

Theo tragó una cucharada de yogur e intentó pensar en algo más que le preocupara. No se le ocurrió nada, así que preguntó:

—¿Tú no crees en la pena de muerte?

—No, creo que es algo espantoso. No me digas que tú quieres que el estado ejecute a personas...

—Para ser sincero, no lo sé. Mi padre está a favor de la pena capital, mientras que mi madre piensa como tú. Discuten a menudo sobre ello, y he escuchado a las dos partes. ¿Qué se supone que hay que hacer con los asesinos y los terroristas?

—Para eso están las cárceles, para encerrar a la gente que comete esas barbaridades y mantenerla alejada de la sociedad.

—Así que, si se demuestra que Pete Duffy estranguló a su mujer para cobrar el millón de dólares del seguro de vida, ¿opinas que debería ser condenado a cadena perpetua?

—Sí. ¿Qué piensas tú que deberían hacer con él?

—No lo sé. Tengo que reflexionar sobre ello. Pero si esos matones vienen a por mí, entonces sí que estoy de acuerdo con la pena de muerte.

—Tranquilo, Theo. Te estás preocupando más de lo necesario.

—Gracias, April. Siempre me siento mejor después de hablar contigo.

—Para eso están los amigos.

—Y, por favor, no se lo cuentes a nadie.

—Deja ya de preocuparte.

Ike tampoco estaba muy preocupado. Cuando Theo y Judge llegaron para su visita de rigor de los lunes por la tarde, daba tragos a una cerveza y escuchaba viejas melodías de la Motown.

—¿Alguna novedad? —preguntó Theo.

Ike no solo le daba bastante a la bebida, sino que también jugaba al póquer con algunos jueces y policías retirados, así como con algunos tipos de pasado un tanto turbio que nunca habían sido pillados por la policía ni habían tenido que enfrentarse a un tribunal. Además, se jactaba de estar al corriente de todo lo que ocurría entre bastidores.

—Corre el rumor de que Duffy no recurrirá la extradición. Podrían traerlo de vuelta en un par de días. Su situación tiene mala pinta. Está en bancarrota y es probable que no pueda volver a costearse los servicios de Clifford Nance. Seguramente tendrá que contratar a un picapleitos de segunda categoría. Ha perdido un millón de dólares de la fianza, y los bancos están a punto de quedarse con su maravillosa casa de Waverly Creek.

—¿Quién se encargará de su defensa?

—No tengo ni idea. Encontrará a alguien, algún letrado ambicioso en busca de un caso importante. Si tú fueras un joven abogado abriéndose camino en la ciudad, ¿no aceptarías su caso? Siempre dices que te gustaría ser un abogado que pleitea en los grandes tribunales, ¿no?

—No creo que aceptara un caso así. Duffy parece bastante culpable.

—Es inocente hasta que se demuestre lo contrario. Los abogados no siempre pueden elegir a sus clientes. Y, al fin y al cabo, la mayoría de los acusados por delitos graves suelen ser culpables. Alguien tiene que representarlos.

—Duffy es culpable de huir de la justicia. En este estado, eso se castiga con diez años de cárcel.

—Exacto. Tengo la corazonada de que Duffy querrá llegar a un acuerdo con el tribunal: se declarará culpable de asesinato, evitará el juicio y, a cambio, la fiscalía aceptará no pedir la pena capital. Es lo más habitual. Se pasará el resto de su vida en prisión, el lugar que le corresponde, pero al menos seguirá vivo.

—¿Es muy mala la cárcel, Ike? —preguntó Theo cautelosamente, ya que ese tema siempre había sido tabú.

Su tío se echó hacia atrás en la silla y puso los pies sobre la mesa. Dio un trago a la cerveza y se quedó pensativo un buen rato.

—Podría decirse que yo tuve suerte, Theo, porque no estuve en una de las cárceles peores. Todas son malas, ¿sabes?, porque estás encerrado, y olvidado por todo el mundo. Lo perdí todo, incluida mi familia. Mi nombre, mi reputación, mi carrera, mi autoestima, todo. Eso es en lo que piensas cuando estás en prisión: en todas las cosas que creías que nadie podría quitarte. Fue espantoso, sencillamente espantoso. Y eso que no estaba en un sitio donde nos pasaran cosas terribles. Sí, claro, había violencia, pero yo no sufrí ningún daño. Hice amigos. Conocí a gente que estaba encerrada desde hacía mucho tiempo y, aun así, sobrevivían. Teníamos trabajos, nos pagaban, leíamos miles de libros, teníamos acceso a periódicos y revistas, escribíamos cartas, hacíamos ejercicio. La comida era horrible, pero de hecho mi salud mejoró porque dejé de fumar y de beber, y corría todos los días. —Tomó otro trago de cerveza y se quedó con la mirada perdida en la pared—. La cárcel a la que irá Duffy será mucho peor, pero aun así sobrevivirá. Si lo condenaran al corredor de la muerte a la espera de ser ejecutado, lo encerrarían en una celda donde estaría completamente aislado durante veintitrés horas al día. En resumen, Theo: si yo fuera Pete Duffy, llegaría a un acuerdo para declararme culpable y evitaría la pena de muerte. Al menos seguirá vivo, y la vida es algo muy valioso.

—¿La fiscalía le ofrecerá ese acuerdo de culpabilidad?

—No lo sé, y es demasiado pronto para hacer especulaciones. Jack Hogan es muy buen fiscal y deberá tomar la decisión.

—Me encantaría asistir al juicio.

—Lo siento, pero en eso no tienes voz ni voto.

El teléfono de la mesa sonó, y Ike echó un vistazo al identificador de llamadas.

—Tengo que cogerlo.

12

Dos días más tarde, la gran noticia corrió como la pólvora por toda la ciudad: Pete Duffy no iba a recurrir la extradición y sería trasladado de vuelta a Strattenburg. En el informativo nocturno del miércoles, la noticia de portada fue la llegada del señor Duffy. Un equipo de televisión había logrado filmarlo desde lejos mientras salía del asiento trasero de un vehículo sin distintivos y entraba apresuradamente por una puerta lateral de la prisión. Iba esposado y, por lo visto, también llevaba grilletes en los tobillos. Ocultaba su rostro bajo una gorra y tras unas gafas de sol, y estaba rodeado por varios policías. Ese simple atisbo de Duffy bastó para poner a Theo muy nervioso.

Estaba viendo las noticias con sus padres. Ya había pasado la hora de acostarse, pero ninguno hacía caso del reloj porque querían ver aquella primicia informativa. La reportera anunció que, según una fuente anónima, el señor Duffy haría ese viernes su primera comparecencia ante el tribunal.

Theo empezó a maquinar algún plan para saltarse las clases y acudir al juzgado.

—¿Cómo te sientes con todo esto, Theo? —le preguntó su madre.

Él se encogió de hombros: no sabía muy bien cómo se sentía.

—Si no fuera por ti —prosiguió ella—, Duffy estaría ahora mismo en América del Sur. Sería un hombre libre, seguramente para el resto de su vida.

Por una parte, Theo casi deseaba que Duffy hubiera huido a Brasil. Pero por otra, estaba emocionado ante la idea de que estuviera de nuevo en la ciudad y la posibilidad de presenciar otro gran juicio.

—Sé que debemos asumir que es inocente hasta que no se demuestre lo contrario, pero en estos momentos me cuesta mucho hacerlo. Si fuera inocente, ¿por qué huyó como lo hizo?

—Ahora resulta muy difícil concederle la presunción de inocencia —razonó su madre—, porque es culpable de huir de la justicia. Eso está fuera de toda duda.

—Ike cree que se declarará culpable para intentar llegar a un acuerdo —dijo Theo.

—Lo dudo —objetó el señor Boone, siempre presto a mostrar su desacuerdo con Ike—. ¿Por qué iba a aceptar la cadena perpetua, sin posibilidad de salir nunca más de la cárcel?

—Para salvar el cuello —replicó la señora Boone, siempre presta a mostrar su desacuerdo con su marido, al menos en cuestiones legales—. Se enfrenta a la pena de muerte, Woods.

—Soy consciente.

La reportera avanzó unos pasos y saludó a Jack Hogan, el veterano fiscal general del condado de Stratten. Le preguntó acerca de los detalles de la captura de Duffy en Washington, pero Hogan dijo que no podía hablar de ese asunto.

Durante un momento, Theo sintió que le faltaba el aire.

Entonces la periodista le preguntó a Hogan por los cargos a los que se enfrentaba Duffy. «Los mismos que la última vez —replicó Hogan—, más otros nuevos. En primer lugar, está acusado de asesinato. Y ahora, obviamente, también de huir de la justicia.» ¿Cuándo comparecería Duffy ante el tribunal? «Aún no se ha decidido», respondió. Estaba claro que Hogan no iba a decir mucho más, así que la reportera finalmente le dio las gracias y despidió la conexión.

—Hora de acostarse —dijo el señor Boone, y Theo subió arrastrando los pies hasta su habitación con Judge pegado a sus talones.

Al perro no le costó nada quedarse dormido enseguida debajo de la cama, pero Theo no podía pegar ojo. En algún momento de aquella larga y oscura noche, se le ocurrió una brillante idea: el señor Mount les había pedido que hicieran un trabajo de investigación de diez páginas, que debían entregar al final del semestre; Theo pensó que podría hacer el suyo sobre las cuestiones preliminares que debían seguirse antes de un gran juicio por asesinato. Había una serie de importantes maniobras que los abogados tenían que realizar en las primeras fases del procedimiento judicial, con el fin de intentar cobrar ventaja respecto al adversario. Por ejemplo, discutir sobre la fianza; presentar mociones para cambiar de tribunal o para celebrar el juicio en otra ciudad; batallar duramente sobre qué pruebas deberían presentarse o no ante el jurado, etcétera. La mayoría de la gente no era consciente de la gran cantidad de trabajo preparatorio que debía llevarse a cabo mucho antes del comienzo de un juicio.

Theo se encargaría de explicar todo eso en el trabajo de investigación. Y si el señor Mount estaba de acuerdo..., debería pasar mucho tiempo en los juzgados.

Cuanto más pensaba en ello, más convencido estaba de la brillantez de su idea.

Al señor Mount también le encantó la propuesta. Theo se veía tan entusiasmado que era difícil decirle «no». Eso sucedió el jueves. El viernes, el chico le informó de que tenía que estar en el tribunal a la una y cuarto para asistir a la primera comparecencia de Pete Duffy después de su extradición a Strattenburg. Eso implicaba que debía faltar a la clase de educación física del señor Tyler y a la hora de estudio con el señor Mount. Tuvo que mostrarse muy insistente para convencer al señor Tyler, pero al final este acabó cediendo. Al fin y al cabo, era viernes por la tarde, y por lo general Theo estaba exento de la clase de gimnasia, ya que tenía un problema de asma al que siempre recurría cuando lo necesitaba.

Así que, a la una y diez, Theo y Ike ya estaban sentados en la sala del tribunal. Reinaba una gran expectación, porque muchos curiosos habían acudido para ver de cerca al señor Duffy. Theo reconoció a la mayoría de los secretarios judiciales y alguaciles. También estaban los habituales abogados aburridos que siempre rondaban por los juzgados, sin mucho más que hacer que intentar darse importancia. Había al menos tres periodistas y algunos policías fuera de servicio. En la mesa de la defensa, el señor Clifford Nance hablaba con otros dos abogados. El señor Jack Hogan y su equipo leían algunos documentos que, a juzgar por sus ceños fruncidos, debían de ser bastante complicados.

Se abrió una puerta y dos corpulentos agentes entraron en la sala. Detrás de ellos iba Pete Duffy con un mono naranja de la prisión, con esposas en las muñecas y grilletes en los tobillos. Todo el mundo guardó silencio y se quedó mirándolo con estupor. Era realmente él. ¡Lo habían atrapado!

El ricachón con trajes caros y actitud confiada se había visto reducido a la categoría de vulgar recluso de la cárcel municipal. El caballero apuesto y elegante parecía ahora un delincuente de baja estofa, con el pelo mal teñido de rubio y la cara sin afeitar.

Los agentes se apresuraron a quitarle las esposas y los grilletes. Duffy se frotó las muñecas mientras lo conducían a una silla en la mesa de la defensa. Clifford Nance se inclinó hacia él y le dijo algo. Duffy miró a su alrededor nerviosamente, sorprendido ante la gran cantidad de gente que había acudido a verlo. Parecía temeroso y desconcertado, como si no acabara de creerse que estaba de nuevo allí. Detrás de la mesa de la defensa, en la primera fila de espectadores, Theo pudo vislumbrar a Omar Cheepe, uno de los hombres de Duffy.

Un alguacil pidió orden en la sala, todo el mundo se puso en pie y el juez Henry Gantry entró por una puerta situada al fondo. Dio un golpe con su mazo y pidió a los presentes que tomaran asiento. Sin más dilación, miró al acusado y dijo:

—¿Puede acercarse al estrado?

Duffy se levantó y dio unos pasos hasta situarse frente al estrado. Miró hacia arriba. El juez Gantry miró hacia abajo. Clifford Nance también se adelantó hasta colocarse junto a su defendido.

—¿Es usted Pete Duffy? —preguntó el magistrado.

—Sí, soy yo.

—Bienvenido a casa.

—Gracias.

—¿El señor Clifford Nance continúa siendo su abogado?

—Así es.

—Usted sigue acusado del asesinato en primer grado de su esposa, Myra Duffy. ¿Comprende lo que le digo?

—Sí.

—¿Se declara culpable o no culpable?

—No culpable, señoría.

—También está acusado de huir de la justicia. ¿Ha comentado las implicaciones de ese cargo con su abogado?

—Sí, señoría.

—¿Y cómo se declara?

—No culpable.

—Gracias. Pueden sentarse.

Duffy y Nance volvieron a sus asientos. El juez Gantry dijo que quería que la causa se instruyera con la mayor brevedad posible, que no pensaba tolerar aplazamientos por ninguna de las partes y que deseaba fijar cuanto antes la fecha del juicio. Clifford Nance mencionó la posibilidad de una audiencia para discutir el asunto de la fianza, pero el juez lo atajó de raíz. No, el señor Duffy pasaría los días y las noches entre rejas mientras esperaba el juicio. La libertad bajo fianza estaba fuera de toda cuestión. Nance parecía saber que esa sería la respuesta. Todo el mundo parecía saberlo. Los abogados se enzarzaron en una discusión sobre cuánto tiempo necesitarían para preparar el juicio.

Theo le susurró a Ike:

—Creí que dijiste que esta vez Duffy no podría permitirse contratar los servicios de Nance.

—No hay nada imposible —le respondió Ike también en susurros—. Todo el mundo piensa que Duffy está sin blanca, pero puede que tenga dinero escondido en alguna parte. Tal vez Nance haya accedido a rebajar sus honorarios para participar en el caso. ¿Quién sabe?

Con frecuencia, Ike lanzaba teorías un tanto descabelladas sin nada que las respaldara. Theo tenía la impresión de que pasaba demasiado tiempo charlando con sus viejos colegas jubilados, que ya estaban de vuelta de todo y se dedicaban a especular sobre cualquier tema sin ningún dato contrastado.

Theo se mostraba muy cauteloso. Estaba agachado en su asiento, escondido detrás de la persona que tenía delante. No quería establecer contacto visual con Duffy. Era cierto que el hombre estaba en prisión y que se le consideraba inofensivo, pero, aun así, Theo prefería mantener las distancias. El sábado anterior se habían visto en el aeropuerto de Washington, y Duffy podría reconocerlo. Claro que entonces Theo iba medio disfrazado. Había hablado de ello con Ike, pero su tío no se asustaba fácilmente.

Por otra parte, estaba Omar Cheepe, un personaje turbio al que se veía a menudo por el despacho de Clifford Nance y que se dedicaba a hacerle el trabajo sucio. Omar tenía un compinche llamado Paco. En el fondo, no eran más que un par de matones.

Cuando la vista se acabó, Theo tenía dos opciones: montarse en su bici y volver a toda prisa a la escuela o proponerle a Ike que fueran a tomar un yogur helado en Guff's, que estaba al final de la calle. Sabía que su tío no le diría que no, que aceptaría encantado la propuesta.

Theo pidió lo de siempre: chocolate cubierto con trocitos de Oreo. Ike pidió un yogur pequeño de mango con café.

—Tengo una pregunta para ti, Ike —dijo Theo cogiendo una enorme cucharada de yogur helado.

—No me extraña —repuso su tío—. Tú siempre tienes alguna pregunta.

—Por lo que tengo entendido de cómo funcionan estas cosas, antes del juicio ambas partes deben dar a la otra una lista de sus testigos, ¿verdad?

—Así es. Se llama «descubrimiento». No solo deben dar los nombres de los testigos, sino también un breve resumen de cuál será su testimonio.

—Entonces Duffy y sus abogados conocerán la identidad de Bobby Escobar. Sabrán que la acusación cuenta con un testigo que dirá que vio entrar a Duffy en su casa a la misma hora en que su mujer fue estrangulada, ¿verdad?

—Normalmente, sí.

—¿Normalmente? ¿Es que hay alguna excepción a la regla?

—Creo que sí. Por lo que recuerdo de mi época en las trincheras, la fiscalía puede solicitar al juez que no revele el nombre de un testigo si este necesita protección. Este hecho se remonta a antiguos casos de la mafia, en los que el testigo clave contra un capo era un soplón de la misma organización. Si su identidad se hubiera revelado, el tipo habría acabado en el fondo de un lago con unos zapatos de cemento.

—Tiene sentido.

—Me alegro de lo que entiendas. En este caso, apuesto a que Jack Hogan y la policía harán todo lo posible por mantener en secreto la identidad de Bobby hasta el último momento.

—Espero que así sea. He visto a ese horrible Omar Cheepe en la sala del tribunal. Y estoy seguro de que Paco estará acechando en las sombras. Si descubren lo de Bobby, este podría correr peligro.

—Yo no me preocuparía demasiado, Theo. Hogan sabe que todo su caso se sostiene sobre el testimonio de Bobby. Acuérdate del primer juicio: la acusación tenía todas las de perder, y Duffy estaba a punto de quedar libre. Estoy seguro de que Hogan y la policía protegerán al chico.

—¿Crees que debería advertirlo?

—No, tú ya has hecho demasiado. Es una situación peligrosa y tienes que mantenerte al margen. ¿De acuerdo?

—Supongo.

Ike se inclinó sobre la mesa y le agarró de la muñeca. Frunció el entrecejo y dijo muy serio:

—Escúchame bien, Theo, tú no te metas, ¿vale? No es asunto tuyo.

—Bueno, en cierto modo sí lo es. Bobby Escobar no se habría visto involucrado si yo no hubiese convencido a su primo Julio para que Bobby se prestara a declarar. Y ahora no estaríamos teniendo esta conversación si yo no hubiera reconocido a Duffy en el metro.

—Cierto. Has hecho un buen trabajo. Y ahora déjalo estar. Puedes redactar tu trabajo de investigación. Asistiremos al juicio y confiaremos en que la justicia triunfe. Pero tú mantente al margen, ¿de acuerdo?

Ike le soltó la muñeca.

—Vale —dijo Theo a regañadientes.

—Y ahora deberías volver a la escuela.

—Creo que no, Ike. Es viernes por la tarde y he tenido una semana muy dura.

—Una semana muy dura... Pareces un obrero que se ha pasado cuarenta horas en la fábrica.

—¿Sabes, Ike?, también los jóvenes abogados tenemos semanas duras.

13

Al otro lado de Main Street, unas cuatro manzanas al este del Guff's Frozen Yogurt, se estaba celebrando otra reunión, centrada también en el juicio a Duffy. Clifford Nance poseía un magnífico despacho en la segunda planta de lo que antiguamente había sido el mejor hotel de la ciudad. De hecho, el señor Nance era propietario de todo el edificio, que albergaba las dependencias de su atareada firma de abogados. Desde sus altas y arqueadas ventanas, tenía una espléndida vista de la calle, del tribunal e incluso del río a lo lejos. Aunque no es que tuviera mucho tiempo para disfrutar esas vistas, ya que era uno de los abogados más solicitados, importantes y prósperos de la ciudad.

Nance estaba sentado a su escritorio, tomando café y hablando con un joven abogado llamado Breeland, uno de los muchos socios del bufete que trabajaban a sus órdenes.

—Al día siguiente de declarar nulo el primer juicio —decía Nance—, el juez Gantry nos explicó a Jack Hogan y a mí que había aparecido un testigo sorpresa con información crucial para desvelar la verdad. No nos dijo el nombre del testigo ni cuál sería su testimonio. No reveló absolutamente nada. Ya habíamos empezado a preparar el nuevo juicio, sabíamos que en algún momento Jack Hogan tendría que descubrir el nombre de todos sus testigos. Pero entonces nuestro querido cliente decidió desaparecer.

—¿Así que todavía no tenemos ninguna pista sobre la identidad de ese testigo? —preguntó Breeland.

—Nada de nada. Aunque supongo que no tardaremos en saberlo.

—¿Qué haremos entonces?

—Depende de quién sea el testigo y de lo que vaya a decir.

—Este parece un trabajo para Omar.

—Todavía no. Pero recuérdame que le recuerde que amenazar a un testigo de la acusación es un delito grave.

—Omar ya lo sabe.

El móvil de Breeland vibró. Miró la pantalla y dijo:

—Hablando del rey de Roma... Está abajo y quiere verle.

—Dile que suba.

Omar entró en el despacho y tomó asiento junto a Breeland.

—Tengo una reunión dentro de diez minutos —dijo Nance bruscamente—, así que ve al grano.

—Muy bien —dijo Omar—. Acabo de estar en la cárcel hablando con Duffy. Esta tarde he visto a ese mocoso de Boone en el tribunal. No sé cómo consigue faltar tanto a la escuela, pero el caso es que estaba allí, junto a su tío el chiflado. Pete también los ha visto, y me ha asegurado que el sábado pasado estaban en el aeropuerto de Washington cuando los federales lo detuvieron. No logra explicarse qué hacían allí. Pero, si usted lo recuerda, la víspera de que el juez Gantry declarase nulo el anterior juicio, vimos entrar al magistrado en el bufete Boone & Boone y reunirse con toda la familia, incluidos el crío y el pirado de su tío. Y al día siguiente... ¡bam! Juicio nulo. Algo extraño está pasando.

—Pero los Boone no son abogados criminalistas —dijo Nance—. Lo sé muy bien.

—Tal vez no se trate de ellos. Tal vez se trate del crío —repuso Omar—. Seguramente ese chaval está metiendo las narices en el caso de Pete, y sus padres solo intentan protegerlo.

—No puedes seguir a un niño por toda la ciudad, Omar —objetó Breeland.

—Ese crío sabe quién es el testigo misterioso —añadió Omar—. Me apostaría lo que fuera.

Nance y Breeland cruzaron una mirada significativa.

—Y apostaría también —prosiguió Omar— a que el chico tuvo algo que ver con que los federales encontraran el rastro de Pete. Todos estuvieron en Washington la semana antes de que lo pillaran.

—Todos... ¿quiénes?

—Toda la clase de octavo de la Escuela de Enseñanza Media Strattenburg. Debido a su viaje anual. Un montón de críos deambulando por Washington. Tal vez alguno viera algo.

—Lo cual nos lleva a hacernos otra pregunta —dijo Breeland—: ¿por qué estaba Pete Duffy en Washington?

—Eso ya no importa —replicó Nance—. No quiero que sigas a ese chico ni que te acerques a él. Pero vigila sus movimientos.

14

El miércoles por la tarde, Theo estaba a punto de marcharse de la escuela cuando su amigo Woody se le acercó en el aparcamiento para las bicicletas. Se notaba que algo lo preocupaba.

—Oye, Theo —dijo Woody—, tú conoces al juez del Tribunal de Animales, ¿verdad?

No era una pregunta inocente, así que Theo pensó al momento: «¿Qué travesura habrá cometido Woody esta vez?». Era un buen chico, le caía bien y confiaba en él, pero su familia no llevaba una vida muy ordenada, y Woody siempre estaba metido en problemas... o al borde de tenerlos.

—Claro. ¿Qué ocurre?

—Bueno —dijo Woody mirando alrededor como si la policía pudiera estar al acecho—, tengo que presentarme mañana por la tarde ante el tribunal. Mi hermano Evan y yo estamos acusados de algo.

Theo se bajó muy despacio de la bicicleta, la apoyó sobre el caballete de soporte y dijo:

—Muy bien, ¿de qué os acusan?

—Mi madre y mi padrastro no saben nada, preferiría que no se enteraran.

La vida familiar de Woody no era muy estable: su madre se había casado al menos dos veces, y su actual marido viajaba mucho; el padre de Woody era un albañil que vivía en la ciudad con otra mujer que tenía varios críos pequeños, y su hermano mayor ya había tenido problemas con la justicia.

—Si compareces ante el Tribunal de Animales, ¿tienes que contárselo a tus padres?

—No siempre —respondió Theo. Estuvo a punto de añadir que lo mejor era hablar siempre con los padres, pero pensó que él tampoco se lo contaba todo a los suyos—. ¿Qué ha sucedido?

—¿Has oído hablar de las cabras que se desmayan?

—¿Cabras que se desmayan?

—Sí, cabras que se desmayan.

—No, nunca he oído hablar de ellas.

—Bueno, es una larga historia.

A la tarde siguiente, Theo se encontraba junto con Woody y Evan en una pequeña y estrecha sala situada en el sótano del Tribunal del Condado de Stratten. Estaban sentados en sillas plegables ante una mesa también plegable, esperando a que el juez Sergio Yeck ocupara su sitio en el estrado y llamara al orden a los presentes. Detrás de ellos había algunos espectadores atraídos por la curiosidad, entre ellos Chase, Aaron y Brandon. Al otro lado del pasillo se sentaba un granjero llamado Marvin Tweel, que parecía muy enfadado. Iba vestido con traje de faena: mono de tela vaquera descolorida, camisa de cuadros, y unas botas con puntera de acero y una costra de barro permanente en las suelas y en los talones. Detrás de él se veía la habitual concurrencia del Tribunal de Animales: dueños de perros que intentaban rescatar a sus mascotas, capturadas por los un tanto rigurosos trabajadores de la perrera municipal por ir sin correa.

A las cuatro en punto, el juez Yeck entró por una puerta del fondo y ocupó su asiento en el estrado. Llevaba su atuendo habitual: vaqueros, botas militares y una vieja cazadora. Y, como siempre, parecía aburrido con su trabajo. Era el juez de menor categoría en la ciudad; de hecho, era el único que había aceptado aquel cargo a media jornada. El Tribunal de Animales no gozaba de ningún prestigio. Sin embargo, a Theo le encantaba porque no tenía muchas normas y no requería la presencia de un letrado. Cualquiera, incluido un chico de trece años que se creía abogado, podía representar a un cliente ante el tribunal.

—Hola, Theo —lo saludó el juez Yeck—. ¿Cómo están tus padres?

—Están muy bien, gracias, señoría.

Yeck echó un vistazo a un documento y dijo:

—Muy bien, el primer caso es el del señor Marvin Tweel contra Woody y Evan Lambert. —Miró al granjero y le preguntó—: ¿Es usted el señor Tweel?

—Sí, señoría —respondió poniéndose en pie.

—Bienvenido al Tribunal de Animales, señor. Puede permanecer sentado. Aquí no tenemos tantas formalidades. —El señor Tweel asintió torpemente y se sentó. Se le notaba nervioso y fuera de lugar. El juez Yeck miró a Theo y dijo—: Supongo que tú representas a los hermanos Lambert.

—Sí, señoría.

—Muy bien. Señor Tweel, usted es la parte acusadora, así que tiene la palabra.

—Bueno..., eh..., señoría —titubeó—, ¿necesito un abogado? Si ellos tienen uno, ¿lo necesito yo también?

—No, señor, en este tribunal, no. Y el señor Boone no es un abogado de verdad, al menos no todavía. Es más bien un consejero legal.

—Entonces ¿necesito un consejero legal como él?

—No, señor, de ningún modo. Por favor, proceda con su historia.

Satisfecho con la respuesta y visiblemente más tranquilo, el señor Tweel comenzó:

—Bueno, señoría, como puede deducir por mi aspecto, tengo una pequeña granja al sur de la ciudad, donde me dedico a la cría y venta de una raza de cabras que a algunas personas les gusta tener como mascotas. La mayoría de la gente se dedica a la crianza de cabras por su carne y por su lana. Pero ese no es mi caso. Las mías son más pequeñas y fáciles de cuidar. Se llaman cabras miotónicas, debido a una disfunción muscular conocida como miotonía congénita. No sabría decirle mucho más desde un punto de vista científico. Sin embargo, una de las características de esa disfunción es que, en situaciones de pánico, sus músculos se paralizan, y ellas se quedan muy tiesas y rígidas, y caen al suelo con las patas totalmente estiradas. Por eso se las suele conocer como «las cabras que se desmayan». Aunque en realidad no se desmayan, permanecen conscientes, pero se quedan «fuera de juego» durante unos diez segundos. Después se levantan como si no hubiera pasado nada. Se trata solamente de una disfunción muscular, no tiene que ver con el cerebro ni nada de eso.

—¿Cabras que se desmayan?

—Sí, señoría, son muy conocidas en el mundo caprino.

—Ah, bueno, usted perdone. Entonces ¿cuál es su queja?

El señor Tweel fulminó a Woody y Evan con la mirada y prosiguió:

—Pues bien, el lunes a última hora de la tarde estaba en mi casa leyendo tranquilamente el periódico, cuando mi mujer se asomó a la salita y dijo que se oía mucho jaleo en el establo de las cabras. Está unos cien metros detrás de la casa, así que me encaminé hacia allí. Conforme me aproximaba, oí a alguien riendo. Había intrusos en mi propiedad, de modo que entré en el cobertizo de las herramientas y agarré mi escopeta del calibre doce. Al acercarme al establo, vi a dos chicos haciendo el ganso con mis cabras. Los espié durante un rato. Uno estaba medio escondido en un rincón del corral, mientras que el otro estaba inclinado sobre la valla, grabando un vídeo. Entonces uno de ellos, no sabría distinguir cuál, salió de repente de detrás de un abrevadero dando palmadas muy fuertes y gritando mientras se abalanzaba sobre mis cabras. Y cuando las pobres se desmayaron, se echó a reír con grandes carcajadas. Luego las cabras se levantaron y salieron huyendo, y entonces él se puso a perseguirlas chillando como un poseso. Consiguió acorralar a un par, volvió a lanzarse sobre ellas, y cuando cayeron al suelo, estalló otra vez en risotadas.

El juez Yeck parecía divertido. Miró a Theo.

—¿Y eso está grabado en vídeo?

El chico asintió. Sí.

—¿Cuántas cabras había en el corral? —preguntó el juez.

—Once.

—Por favor, continúe.

—Entonces ocurrió algo que me puso realmente furioso. Cuando las cosas ya se habían calmado, uno de los chicos encendió un petardo y se lo lanzó a las cabras. ¡Bam! Las once se desplomaron con las patas tiesas, como si estuvieran muertas. En ese momento, los chavales echaron a correr, pero yo ya estaba allí y no los dejé escapar. Al ver mi escopeta decidieron que la diversión y los jueguecitos habían acabado. Tuvieron suerte de que no les disparara.

—¿Se levantaron las cabras? —preguntó Yeck.

—Sí, señoría, se levantaron, pero ahora viene lo malo. Una hora después de dejar que los chicos se marcharan, tras haber anotado sus nombres y dirección, volví al establo para comprobar cómo estaba todo. Y entonces encontré a Becky muerta.

—¿Quién es Becky?

El señor Tweel cogió dos fotos ampliadas. Entregó una al juez y otra a Theo. En la imagen aparecía una cabrita de pelo blanco, tumbada de costado, que parecía desmayada o muerta.

—Esa es Becky —dijo el granjero con voz quebrada.

Cuando alzaron la vista, vieron que tenía los ojos húmedos.

—¿Cuántos años tenía Becky? —preguntó Yeck.

—Cuatro años, señoría. Yo estaba presente cuando nació. Probablemente era la cabra más cariñosa que he tenido nunca. —Se secó las mejillas con el dorso de la mano. Con una voz aún más débil, prosiguió—: Estaba totalmente sana. No la vendí porque era una buena hembra para criar. Y ahora está muerta.

—¿Está acusando a Woody y Evan Lambert de haber matado su cabra?

—Estaba de lo más sana y contenta hasta que ellos aparecieron. Yo no hago que mis cabras se desmayen. Hay gente que sí lo hace, supongo que para divertirse y pasar un buen rato. Pero yo, no. Esos chicos primero les dieron un buen susto, pero luego con el petardo les dieron ya un susto de muerte. Sí, señoría, creo que ellos mataron a Becky.

—¿Cuánto valía la cabra?

—Cuatrocientos dólares en el mercado —respondió el hombre recobrando la compostura—, pero para mí tenía mucho más valor porque era una buena hembra.

Tras una larga pausa, el juez Yeck dijo:

—¿Algo más, señor Tweel?

El granjero sacudió la cabeza. No.

—Theo...

El chico se había pasado la noche del miércoles preparando su argumentación y apenas había pensado en otra cosa en todo el día. Así pues, decidió empezar planteando lo que era evidente.

—Bueno, señoría, está claro que mis clientes no deberían haber estado allí, ya que la granja no es suya. Estaban invadiendo una propiedad privada y deberían ser castigados por ello. Pero no tenían intención de hacer daño. Verá, señoría, esas cabras son famosas precisamente porque se desmayan. El señor Tweel acaba de decir que muchos propietarios hacen que sus cabras se desmayen por pura diversión. Entre en internet y busque en YouTube. Hay montones de vídeos en los que aparecen los dueños de esos animales saltando, gritando, y abriendo y cerrando grandes paraguas. Lo hacen con el único fin de asustar a sus cabras para que hagan lo que se espera de ellas: ¡desmayarse! Eso es todo.

—Pero tus clientes no son los propietarios de esas cabras —lo interrumpió el juez Yeck.

—No, señoría, por supuesto que no. E insisto: no deberían haber estado allí.

—¿Y grabaron un vídeo?

—Sí, señoría.

—Para colgarlo en YouTube, supongo.

—Sí, señoría.

—Muy bien. Veamos ese vídeo.

Theo sabía que llegaría ese momento y estaba preparado. El vídeo era hilarante, había pensado en mostrarlo de todos modos. Un poco de humor podría ablandar al juez Yeck y le demostraría que no había nada malo en provocar el desmayo de esas cabras.

Había descargado la grabación en su portátil y había conectado este a una pantalla más grande. Lo colocó todo sobre una mesa plegable que estaba cerca del estrado y pulsó un botón del teclado. Todos los presentes en la sala se acercaron y se apretujaron en torno a la mesa.

Contenido del vídeo: un corral vallado, anexo a un establo; un rebaño de once cabritas, algunas blancas, otras negras, pero todas con grandes ojos saltones sobresaliendo de sus cuencas, y todas muy tranquilas; de repente, Evan Lambert aparece saltando desde detrás de un abrevadero, gritando y dando palmas, soltando alaridos y abalanzándose sobre las desprevenidas y asustadas cabras; algunas se quedan paralizadas y se desploman; otras se escabullen perseguidas por Evan, que sigue gritando como un poseso sin parar de reír; Evan arremete contra una de las cabras y la acosa hasta que la pobre decide que lo mejor para ella será desmayarse, y al suelo que va; otras empiezan a levantarse y se balan entre sí en un caos frenético; Evan continúa atormentándolas mientras, detrás de la cámara, se oye la risa de Woody, incapaz de controlarse.

Era algo realmente divertido. La mayoría de la gente no podía contener la risa en la sala, sobre todo Woody, Evan, Chase, Aaron y Brandon, que se estaban desternillando. El abogado Theo logró mantener una expresión seria, en parte porque ya había visto la grabación muchas veces. El juez Yeck parecía divertido. El señor Tweel no tanto.

Más contenido del vídeo: durante una pequeña tregua en la acción, las cabras, que ya están todas de pie, se agrupan en busca de seguridad; Evan busca algo en su bolsillo, el petardo, sonríe a la cámara, lo enciende y lo lanza cerca del agitado rebaño; suena como un cañonazo, y las once cabras se desploman con sus cortas patitas tiesas como palos; Evan se parte de la risa; también se oye a Woody riendo a carcajadas.

Fin del vídeo.

Todo el mundo regresó a sus asientos. El juez Yeck esperó a que todos callaran y soltó un profundo suspiro. Finalmente dijo:

—Proceda, señor Boone.

—Me gustaría que Evan Lambert hiciera una declaración —dijo Theo.

—Muy bien.

Evan se enderezó en su asiento y se aclaró la garganta. Tenía quince años, pero no era más alto que su hermano menor. Toda la diversión se había esfumado, y el muchacho parecía inseguro.

—Bueno, señoría —empezó—, como bien ha dicho Theo, no deberíamos haber estado allí. Fue idea mía. La semana pasada vi un vídeo en YouTube, y Woody y yo empezamos a investigar dónde podríamos encontrar cabras de ese tipo. Buscamos granjas en las Páginas Amarillas y dimos con la del señor Tweel. Solo queríamos averiguar si las cabras se desmayaban de verdad. Ya sabe cómo es la cosa: no te puedes creer todo lo que ves por internet. Y solo lo hicimos para divertirnos un poco. Eso es todo.

—¿Colgasteis el vídeo en internet? —preguntó Yeck.

—No, señoría. El señor Weel dijo que si lo hacíamos no dudaría en utilizar su escopeta.

—¡Y lo haré! —se oyó mascullar al granjero desde su asiento.

—Silencio —ordenó el juez—. Theo...

—Sí, señoría. Me gustaría que mi cliente Woody Lambert también hiciese una declaración.

Woody era más bravucón que su hermano mayor y no mostraba ningún arrepentimiento. Theo le había advertido que cualquier fanfarronada sería perjudicial para su causa. «Compórtate como si estuvieras muy arrepentido», le había aconsejado más de una vez.

—Bueno —empezó Woody—, claro que sentimos mucho lo ocurrido. No pretendíamos hacer daño a nadie..., bueno, a ninguna cabra. ¿Sabía usted, señoría, que en Tennessee se celebra todos los años un festival dedicado a esas cabras? Se lo juro. Sus dueños las llevan a ese festival y durante tres días hacen que se desmayen. Creo que hasta dan premios y todo. Así que lo que hicimos nosotros no es tan malo. Pero sí, estoy de acuerdo, actuamos mal.

—¿Y qué hay de Becky? —preguntó el juez.

—¿Quién?

—La cabra muerta.

—Ah, esa —replicó Woody—. Mire, señoría, cuando nos marchamos de allí, después de mantener una larga charla con el señor Tweel, todas las cabras estaban bien. Nosotros no matamos ninguna. Si alguna se murió más tarde, no creo que se nos pueda culpar.

—Le provocasteis un ataque al corazón —lo interrumpió el señor Tweel—. Tan seguro como que estoy aquí sentado.

—Pero no hay manera de demostrarlo, señoría —intervino Theo—, aparte de una autopsia. Es la única forma de determinar cuál fue la causa de la muerte.

—¿Quieres que le hagamos la autopsia a una cabra? —preguntó el juez Yeck arqueando las cejas tanto como le fue posible.

—Yo no he dicho eso, señoría. Costaría más dinero de lo que vale el animal.

El magistrado se rascó la incipiente barba mientras parecía reflexionar profundamente. Al cabo de un rato dijo:

—Debes admitir, Theo, que todo esto resulta bastante sospechoso. Las cabras estaban bien hasta que el estallido del petardo hizo que cayeran desplomadas.

—Solo se desmayaron, señoría. Luego volvieron a levantarse y se les pasó todo.

—¿Cómo sabes que se les pasó todo?

—Eh..., bueno, supongo que no lo sé.

—Debes tener más cuidado con lo que dices, Theo —le sermoneó Yeck—. Los abogados siempre tienden a exagerar sus conclusiones.

—Lo siento, señoría, pero me parece excesivo acusar a mis clientes de matar una cabra. Según nuestros estatutos, matar un animal de granja es un delito que conlleva una pena de hasta cinco años de cárcel. ¿De verdad piensa que Woody y Evan merecen pasar cinco años en prisión?

Woody lo fulminó con la mirada, como diciendo: «¿Por qué diablos tienes que sacar eso ahora?».

Evan, en cambio, lo miró como diciendo: «Por ahí sí que vamos bien, gran abogado».

El juez Yeck se giró hacia el señor Tweel y le preguntó:

—¿Quiere que estos chicos vayan a prisión?

—No me importaría —repuso el granjero.

Luego se giró hacia los hermanos Lambert y les preguntó:

—¿Vuestros padres están enterados de esto?

Los dos sacudieron la cabeza con vehemencia. No.

—Nos gustaría mantenerlos al margen —dijo Evan—. Ya tienen bastantes problemas.

El magistrado se puso a garabatear algunas notas en un cuaderno. La sala se quedó en silencio mientras todos los presentes parecían contener la respiración. Pero Theo ya había estado allí muchas veces y sabía que el juez Yeck estaba tratando de encontrar una solución que contentara a ambas partes. Y también sabía que agradecería un poco de ayuda.

—Señoría —dijo—, si no tiene inconveniente, ¿puedo hacerle una sugerencia?

—Adelante, Theo.

—Bueno, considero que es un poco extremo hablar de penas de cárcel. Mis clientes aún van a la escuela, encerrarlos en prisión no los ayudaría en nada. Y como sus padres no están implicados y no tienen dinero para pagar la multa por allanamiento de propiedad privada, quizá podrían ser condenados a trabajar unas horas en la granja del señor Tweel.

—No los quiero en mi granja —masculló el señor Tweel—. Mis cabras no podrían soportarlo.

Theo miró a Woody y, tal como lo había aleccionado, el chico se puso en pie y dijo:

—Señor Tweel, mi hermano y yo sentimos mucho lo ocurrido. Hicimos mal al entrar en su propiedad sin permiso, somos culpables de eso. Solo queríamos divertirnos, no era nuestra intención causar ningún daño. Le pedimos perdón y estamos dispuestos a hacer lo que usted considere oportuno para arreglar las cosas.

Unas disculpas sinceras eran siempre muy bien recibidas en el tribunal del juez Yeck.

En el fondo, el señor Tweel era un buen hombre con un gran corazón. ¿Cómo podías dedicarte a la cría de cabras que se desmayan y no tener una visión agradable y optimista del mundo? Aun así, el granjero mantuvo una expresión sombría y permaneció con la vista clavada en el suelo. Woody volvió a sentarse.

El juez Yeck miró al señor Tweel y le preguntó:

—¿Qué extensión tiene su finca?

—Ochenta hectáreas.

—Bueno, yo me crié en una granja y sé que en un sitio así siempre hay malas hierbas que arrancar y leña que cortar. Seguro que encontrará algunas tareas duras para estos muchachos, algo que puedan hacer lejos del corral de las cabras.

El señor Tweel asintió y casi se le escapa una sonrisa, como si se le acabara de ocurrir alguna faena muy desagradable que llevara años sin hacer en la granja.

—Supongo que algo habrá —respondió al fin.

—Pues esto es lo que vamos a hacer —dijo el juez Yeck—. Os declaro culpables de allanamiento de propiedad privada, aunque vuestra condena no quedará registrada en ningún expediente. Y como no tenéis dinero, tampoco os impondré ninguna multa. Os condeno a cumplir veinte horas de trabajo, cada uno, en la granja del señor Tweel durante el próximo mes. Si no os presentáis o no hacéis lo que él os diga, volveremos a encontrarnos aquí otra vez y entonces no estaré de tan buen humor. Y manteneos lejos de las cabras. ¿Le parece justo, señor Tweel?

—Supongo...

—¿Alguna pregunta, Theo?

—No, señoría.

—Muy bien. Siguiente caso.

SEGUNDA PARTE

El nuevo juicio

15

El lunes por la mañana, Theo se despertó con el ruido de los truenos y de la lluvia golpeando la ventana de su habitación. Fuera estaba oscuro, demasiado oscuro para estar ya despierto. De todos modos, apenas había dormido en toda la noche. Miraba al techo, sumido en sus pensamientos, cuando se dio cuenta de que algo se movía junto a su cama. «Venga, arriba», dijo, y se desplazó hacia un lado para que Judge pudiera subirse. Al perro no le gustaban los truenos, y se sentía más seguro debajo del edredón que debajo de la cama.

¿Cómo afectaría el mal tiempo al juicio? Theo no estaba seguro. Puede que ahuyentara a algunos espectadores, pero lo dudaba. La sala del tribunal estaría abarrotada. Desde que Pete Duffy había sido capturado en Washington, no se hablaba de otra cosa en la ciudad.

La gran incógnita era: ¿estaría Theo en la sala del tribunal? El señor Mount le había preguntado a la directora, la señora Gladwell, si su clase podría asistir al primer día del juicio, pero la respuesta había sido «no». Los chicos tenían otras asignaturas, otras obligaciones, y no estaría bien que uno de los grupos de tutoría faltara tanto tiempo a clase. Aquello había fastidiado mucho a Theo, y también al señor Mount, pero no había nada que hacer.

El segundo juicio a Pete Duffy por asesinato era incluso más importante que el primero. ¿Por qué no podía entender eso la señora Gladwell? Los alumnos aprenderían mucho más en la sala del tribunal que con otra jornada de clases de español o de química. En cuanto quedó claro que no podrían asistir como grupo, Theo empezó a maquinar planes para faltar a la escuela. Había pensado enfermar otra vez. Pero no bastaría con la habitual tos seca, el dolor de estómago o la fiebre simulada colocando una toallita sobre el conducto de ventilación del horno y poniéndosela luego en la frente. Ninguno de esos trucos funcionaría, sobre todo porque sus padres ya los habían visto con demasiada frecuencia. Buscó en Google los síntomas de la gripe, la faringitis, la tos ferina e incluso la apendicitis, pero comprendió que eran enfermedades demasiado serias para fingirlas. Además, su madre insistiría para que se quedara en cama durante días.

Había pensado en acudir al juez Henry Gantry, que era uno de sus grandes aliados, y convencerlo de que necesitaba imperiosamente asistir al juicio. Tal vez él podría ayudarlo de algún modo. También había urdido un plan para que Ike lo hiciera salir de la escuela diciendo que tenían que ir a un funeral, pero entonces se acordó de que ese truco ya lo habían utilizado con anterioridad. Al final logró convencer al señor Mount para que escribiera una petición: que Theo asistiera al primer día del juicio e informara al resto de la clase de gobierno. La señora Gladwell había aceptado a regañadientes, pero solamente le dejaría ir si los padres de Theo estaban de acuerdo.

Ahí fue donde todas sus esperanzas se frustraron. Sus padres opinaban que ya había faltado demasiado a clase. Por lo general, nunca coincidían: si uno decía «sí», el otro decía «no», y viceversa. Pero en esa ocasión habían hecho frente común, y hasta el momento no había podido convencerlos.

Theo no concebía perderse el juicio.

Había parado de llover, el cielo empezaba a despejarse. Se duchó y se vistió, se cepilló los dientes e inspeccionó sus gruesos aparatos dentales, y por fin bajó para librar la batalla decisiva. Sus padres estaban sentados a la mesa de la cocina, tomando café y leyendo la prensa. Su padre llevaba el habitual traje oscuro. Su madre estaba todavía en pijama y bata. Se notaba tensión en el ambiente. Se dieron los buenos días, y Theo se sentó en una silla, a la espera. Ninguno de los dos pareció reparar en su presencia.

Después de unos incómodos minutos, su madre dijo:

—¿No desayunas, Theo?

—No —replicó secamente.

—¿Y por qué no?

—Porque estoy en huelga de hambre.

Su padre se encogió de hombros, le dirigió una breve sonrisa y volvió a su periódico. «Si quieres pasar hambre, tú mismo, hijo.»

—¿Y por qué estás en huelga de hambre? —preguntó su madre.

—Porque no estáis siendo justos, y no me gustan las injusticias.

—Ya hemos tenido antes esta discusión —dijo su padre sin apartar la vista del periódico.

A Theo no dejaba de asombrarlo lo mucho que sus padres leían la prensa local. ¿De verdad pasaban tantas cosas fascinantes en Strattenburg?

—«Injusticia» es una palabra muy fuerte, Teddy —dijo su madre.

—Por favor, mamá, no me llames Teddy —replicó Theo—. Soy muy mayor para eso.

Lo dijo en un tono demasiado duro, y ella lo miró con tristeza. Su padre lo fulminó con la mirada. Hubo unos momentos muy tensos mientras Theo hacía girar los pulgares y Judge lo contemplaba suplicante, esperando su comida.

Su padre pasó una página del diario y preguntó al fin:

—¿Y cuánto va a durar esta huelga de hambre?

—Hasta que acabe el juicio.

—¿Y qué pasa con Judge? ¿Ya lo has hablado con él?

—Sí —dijo Theo—, hemos tenido una larga charla. Él prefiere no participar.

—Me alegra oírlo. —Su padre bajó el periódico y miró a Theo—. A ver si lo entiendo bien. Esta noche vamos a ir a Robilio's, tu restaurante italiano favorito. Seguramente yo pediré los espaguetis con albóndigas o los raviolis rellenos de ternera y espinacas. Después, claro está, de haber empezado con los tomates asados con mozzarella. Tu madre probablemente comerá los fideos finos con marisco, o berenjena a la parrilla. También nos servirán una cesta con el delicioso pan de ajo. Y tal vez pediremos el famoso tiramisú de postre. Y durante todo ese tiempo, tú estarás ahí, mirándonos comer, oliendo el pan de ajo, viendo a los camareros pasar con bandejas llenas de manjares exquisitos, sin nada más que hacer que dar sorbos a un vaso de agua con hielo. ¿Es eso lo que nos estás diciendo, Theo?

De repente, Theo estaba muerto de hambre. Sentía que la boca se le hacía agua y que el estómago se le encogía. Casi podía oler los deliciosos aromas que flotaban en el ambiente cuando entraba por la puerta de Robilio's los lunes por la noche. Aun así, consiguió decir:

—Ya veo por dónde vas.

—No seas tonto, Theo —dijo su madre.

—Piensa en todo el dinero que ahorraremos —replicó su padre—. El agua con hielo es gratis en Robilio's. Y piensa también en todo el dinero del almuerzo...

Judge levantó una pata y rascó la pierna de su amo, como diciendo: «Eh, colega, que yo no estoy en huelga».

Theo se puso en pie muy despacio y abrió la puerta de la nevera. Sacó una botella de leche entera (ni a él ni a Judge les gustaba la desnatada) y cogió una caja de Cheerios de la despensa. Mientras echaba los cereales en un cuenco, vio algo muy significativo: su padre bajó el periódico apenas unos centímetros, lo suficiente para establecer contacto visual con su esposa y lanzarle una mirada maliciosa.

El combate estaba amañado. Estaban jugando sucio.

Theo colocó el cuenco en el suelo y volvió a sentarse a la mesa, muerto de hambre. Reinaba un tenso silencio, así que decidió volver a la carga. ¿Qué podía perder?

—Vuelvo a repetirlo: no entiendo qué hay de malo en que me dejéis asistir al primer día del juicio. Los dos sabéis que es el juicio más importante en la historia de Strattenburg, probablemente el más importante que veremos nunca, y no es justo que me obliguéis a perdérmelo. Tal como lo veo, yo también formo parte de este asunto, ya que, si no fuera por mí, ni siquiera estaríamos hablando del juicio. Pete Duffy estaría en América del Sur, la policía nunca lo habría capturado. Un acusado de asesinato campando a sus anchas. Pero no: gracias a mí, a mi agudo poder de observación y a mi asombrosa capacidad para reconocer a fugitivos, no solo una, sino dos veces, nosotros, la gente de esta ciudad y del condado de Stratten, vamos a poder presenciar cómo actúa nuestro sistema judicial. Y todo gracias a mí. Además, yo sé más de este caso que casi nadie. Yo encontré a Bobby Escobar, el testigo clave de la acusación. —Se le hizo un nudo en la garganta y sus labios temblaron durante una fracción de segundo. Sin embargo, no iba a darles la satisfacción de que lo vieran derrumbarse—. Esto no es justo. Es todo lo que puedo decir. Creo que deberíais reconsiderar vuestra postura.

Theo cruzó las manos y se quedó mirando la mesa. Sus padres siguieron leyendo el periódico como si no lo hubieran escuchado. Finalmente, su madre dijo:

—Woods, ¿crees que deberíamos reconsiderar nuestra postura?

—Por mí, adelante.

La señora Boone miró a su hijo y le dedicó una de esas amplias sonrisas maternales que hacían que todo pareciera más cálido y agradable.

—Muy bien, Theo, puedes ir al juicio. Pero solo hoy. ¿Trato hecho?

Theo estaba entusiasmado, aunque tenía muy claro que no pensaba aceptar cualquier trato. Sabía que tendría que volver al tribunal más adelante, cuando Bobby Escobar testificara, pero aún no sabía muy bien cómo iba a conseguirlo. Se puso en pie de un salto, abrazó a su madre, dio las gracias un montón de veces y fue a buscar los Cheerios.

—Supongo que la huelga ha terminado —comentó su padre.

—Tú lo has dicho —repuso Theo.

Además, su estrategia había funcionado. Nunca antes había amenazado a sus padres con una huelga de hambre para doblegar su voluntad, pero acababa de añadirla a su arsenal de trucos. Una de las grandes ventajas de ser hijo único era que sus padres no tenían que molestarse en establecer un montón de estúpidas reglas para que todos los hijos las cumplieran. Eso les permitía ser más flexibles, y Theo sabía cómo manejarlos.

16

A las ocho y media, Theo ya estaba sentado en su pupitre en la clase de tutoría del señor Mount. Tenía la vista clavada en el reloj, observando cómo el segundero giraba lentamente en la esfera, mientras esperaba a oír el timbre que daba comienzo a la jornada. Había llegado temprano para intentar convencer al profesor: este debía ir al despacho de la señora Gladwell y decirle que Theodore Boone tenía que salir cuanto antes de la escuela para acudir a los juzgados, ya que la sala del tribunal estaría abarrotada. Sin embargo, había sido en vano. El señor Mount le dijo que ya habían molestado bastante a la directora y que debía tranquilizarse.

Por fin sonó el timbre, y el profesor llamó al orden a la clase. Aaron levantó una mano.

—No me parece justo que Theo vaya al juicio y nosotros no. ¿Es que tiene algún trato de favor?

El señor Mount no tenía ganas de discutir.

—No hay ningún trato de favor, Aaron. Theo irá hoy a ver el juicio y mañana nos hará un resumen en la clase de gobierno. Si no te parece bien, puedes hacer esta noche un trabajo de tres páginas sobre la presunción de inocencia y presentarlo mañana.

Aaron no hizo más preguntas ni comentarios.

—Theo —prosiguió el señor Mount—, más vale que te marches ya. La señorita Gloria te entregará tu pase.

Woody y otro par de payasos abuchearon por lo bajo mientras Theo se apresuraba a salir del aula. La señorita Gloria se encargaba de la secretaría, aunque parecía creer que controlaba toda la escuela. Su desagradecido trabajo implicaba lidiar con estudiantes enfermos y con otros que no lo estaban pero hacían todo lo posible por aparentarlo; con padres enfadados y con profesores exhaustos; con una jefa muy exigente (la señora Gladwell) y con todo tipo de gente estresada. A pesar de todo, siempre tenía una sonrisa en el rostro. Theo le había ofrecido consejo legal gratuito en dos ocasiones, y estaba dispuesto a volver a hacerlo cuando fuera preciso, porque la señorita Gloria era la responsable final de dejarlo salir de la escuela. Puede que necesitara su benevolencia hacia el final de esa semana, pero por el momento su salida de hoy ya estaba debidamente autorizada. La secretaria le entregó el pase oficial: un documento que lo protegería de los molestos agentes que solían rondar por la ciudad en busca de alumnos que hacían novillos. A él ya lo habían pillado dos veces, pero había salido del paso gracias a su labia.

Se montó en su bici y pedaleó a toda velocidad en dirección al centro. El juicio empezaría a las nueve en punto, el juez Gantry era muy estricto en su tribunal. Theo estaba seguro de que todos los asientos ya estarían ocupados. Dos equipos de televisión habían instalado sus cámaras enfrente de los juzgados y una pequeña multitud se agolpaba ante la entrada. Theo aparcó lejos del gentío. Accedió al edificio por una puerta lateral y subió corriendo por una estrecha escalera que rara vez se utilizaba. Atravesó el despacho donde se guardaban las escrituras de propiedad y saludó al secretario sin aminorar el paso. Zigzagueó a través de otras pequeñas oficinas, dio los buenos días a otro funcionario y llegó a un oscuro pasillo. Este conducía a un rellano que estaba cerca de la sala donde deliberaba el jurado. Un poco más adelante, contuvo el aliento y abrió la gran puerta que daba al tribunal. Tal como había esperado, la sala estaba a reventar, reinaba una gran expectación en el ambiente. Ike le hizo señas con la mano, y Theo se abrió paso como pudo hasta sentarse un tanto apretujado junto a su tío. Estaban en la tercera fila detrás de la mesa de la acusación, donde el señor Hogan y su equipo de fiscales se preparaban a conciencia antes de que comenzara el juicio.

Al otro lado de la sala se encontraba Pete Duffy, sentado a la mesa de la defensa con Clifford Nance y otro abogado. Durante su estancia en prisión, el pelo teñido de rubio había recuperado su color habitual, negro aunque con muchas más canas que la vez anterior. Llevaba un traje oscuro con camisa blanca y corbata, y podría haber pasado fácilmente por otro letrado.

—¿Algún problema? —preguntó Ike.

—No, mis padres han cambiado de opinión esta mañana.

—No me sorprende.

—¿Has hablado con ellos?

Ike se limitó a sonreír sin decir palabra. Theo sospechó que su tío había llamado a sus padres por la noche y los había convencido de que su lugar estaba en el tribunal.

A las nueve en punto, según el gran reloj que colgaba en la pared por encima del estrado, un alguacil se incorporó y gritó: «¡En pie ante el tribunal!». Todo el mundo se levantó en el acto, mientras algunos rezagados se dirigían apresuradamente a sus sitios. El juez Gantry apareció por una puerta situada al fondo, y el alguacil continuó:

—¡Atención, el tribunal penal del Distrito Diez ha abierto su sesión! ¡Preside el honorable Henry Gantry! Que los que tengan algo que decir se acerquen al estrado. ¡Dios bendiga este tribunal!

El juez Gantry, con su larga toga negra ondeando tras él, ocupó su asiento detrás del alto estrado y dijo:

—Por favor, siéntense.

Theo miró a su alrededor. No había ni un solo asiento vacío, ni siquiera en la galería desde donde él y sus compañeros habían presenciado la sesión inaugural del primer juicio.

No obstante, este juicio era diferente. Durante el primero, la opinión generalizada era que Pete Duffy había asesinado a su esposa, pero que a la fiscalía le iba a costar mucho demostrarlo. Contaba con un gran abogado defensor, Clifford Nance, que había hecho un magnífico trabajo encontrando lagunas en la causa de la acusación y generando dudas entre el jurado para liberar a su cliente. Pero ahora, al inicio del nuevo juicio, existía la fuerte convicción de que Duffy era culpable de asesinato y de que acabaría en el corredor de la muerte. Estaba claro que había huido. ¡Por fuerza tenía que ser culpable! Theo creía firmemente en la presunción de inocencia, pero también a él le costaba ver a Duffy como un hombre inocente.

Ike le había contado que Clifford Nance había hecho todo lo posible por llegar a un acuerdo con Jack Hogan: su cliente se declararía culpable de asesinato y de huir de la justicia a cambio de una sentencia de veinte años. Ahora tenía cuarenta y nueve y, si sobrevivía a la prisión, aún podría disfrutar de algunos años como hombre libre. Pero Hogan no había cedido: su mejor oferta había sido cadena perpetua sin posibilidad de libertad condicional. Duffy moriría en prisión de una manera o de otra. Ike creía que Duffy aceptaría la oferta. Según él, había una gran diferencia entre permanecer encerrado en el corredor de la muerte y vivir entre los demás reclusos de una prisión.

El juez Gantry ordenó a un alguacil que hiciera pasar al jurado. Se abrió una puerta y toda la sala permaneció en silencio mientras los miembros del jurado entraban en fila y ocupaban su lugar en una tribuna junto al estrado. Habían sido elegidos la semana anterior en varias sesiones cerradas al público. Eran catorce en total: los doce oficiales, más dos suplentes en previsión de que alguno se pusiera enfermo o tuviera que ausentarse por alguna razón. Todos los presentes observaron atentamente a los miembros del jurado mientras se instalaban en sus asientos. Strattenburg era una ciudad pequeña con solo setenta y cinco mil habitantes. Y aunque Theo creía conocer a casi todo el mundo, no identificó a ninguno de ellos. Ike afirmó conocer al jurado número seis, una atractiva mujer de mediana edad que trabajaba en un banco del centro. Aparte de ella, no le sonaba ninguno de los demás.

El juez Gantry los interrogó durante unos minutos, ya que le preocupaba mucho que establecieran algún contacto inapropiado. Les hizo preguntas como «¿Han hablado con alguien del caso?» y otras por el estilo. Todos los jueces lo hacían, y los miembros del jurado siempre respondían que no. Sin embargo, en esta ocasión era diferente. Duffy tenía dinero, si bien nadie sabía exactamente cuánto, debido a las difíciles circunstancias por las que había pasado. Pero dada su desesperada situación, no era improbable que pudiese recurrir al juego sucio.

Jack Hogan se puso en pie y se acercó a un pequeño podio situado frente a la tribuna del jurado. Era alto y enjuto, y parecía llevar siempre el mismo traje negro. Era un fiscal veterano y muy respetado. Theo lo había visto actuar muchas veces ante el tribunal. Empezó con un cordial «Buenos días, señoras y señores del jurado». Se presentó a sí mismo, y luego hizo lo mismo con los miembros de su equipo, a los que pidió que se levantasen. Hogan no era muy carismático, pero efectuó un buen trabajo rompiendo el hielo y haciendo que el jurado se relajara. Les explicó que su tarea era, simplemente, presentar los hechos para que ellos pudieran decidir el veredicto.

Estos eran los hechos: Myra Duffy, de cuarenta y seis años, había sido asesinada en el salón de su casa, situada junto a la calle del hoyo 6 del campo de golf de Waverly Creek. El golf era un elemento crucial en este caso. En el momento del suceso, su marido, el acusado Pete Duffy, se encontraba jugando al golf, solo, como solía hacer a menudo. Hogan se acercó a su mesa, apretó una tecla de su portátil y una foto en color de Myra Duffy apareció en una gran pantalla situada enfrente del jurado. Era una mujer guapa, madre de dos buenos chicos. La siguiente foto correspondía a la escena del crimen: Myra Duffy yacía con aspecto apacible sobre el suelo enmoquetado del salón de una espaciosa casa. No había rastros de sangre ni signos de lucha, tan solo una mujer vestida elegantemente que parecía dormida. La causa de la muerte había sido el estrangulamiento. La siguiente foto era una vista aérea de la magnífica y moderna mansión, que estaba emplazada en una parcela muy arbolada que bordeaba la calle del hoyo 6. Hogan utilizó fotos y diagramas para exponer al jurado los sucesos ocurridos aquella fatídica mañana. A las once y diez, Pete Duffy inició el recorrido Norte con la intención de jugar dieciocho hoyos. Iba solo, lo cual no era inusual. Era un jugador concienzudo y le gustaba practicar por su cuenta. El día era fresco y desapacible, y el campo de golf estaba prácticamente desierto. Había elegido el día perfecto para cometer el crimen perfecto.

En ese punto, Jack Hogan procedió a hablar sobre el móvil. Pete Duffy era un promotor inmobiliario que había ganado mucho dinero. Pero la crisis de los mercados se había vuelto en su contra y había contraído deudas. Los bancos lo presionaban y necesitaba dinero en efectivo. Había un seguro de vida a nombre de Myra por valor de un millón de dólares, y el beneficiario era su marido.

Mientras el jurado absorbía cada una de sus palabras, Jack Hogan anunció con gran dramatismo:

—El móvil fue simplemente el dinero. Un millón de dólares, a cobrar por Pete Duffy en el caso de que falleciera su mujer.

De vuelta a los hechos: cuando fue asesinada, Myra se estaba arreglando para reunirse con su hermana, con la que había quedado para almorzar en el centro. La puerta principal no estaba cerrada con llave, se hallaba entreabierta. La hora de la muerte era aproximadamente las once y cuarenta y cinco. Hogan usó un amplio diagrama para explicar que, poco antes, Pete Duffy debía de encontrarse en algún punto entre el cuarto o quinto hoyo del recorrido Norte, a unos ochos minutos escasos de su casa en el carrito de golf.

Hogan hizo una pausa y se acercó al jurado.

—En ese momento —prosiguió—, Pete Duffy abandonó el recorrido Norte y se dirigió a toda prisa al recorrido del Arroyo, hasta su casa. Llegó hacia las once y cuarenta y aparcó su cochecito eléctrico cerca del jardín trasero. El señor Duffy es diestro, así que, como casi todos los golfistas diestros, llevaba un guante en su mano izquierda. Un guante bastante usado. Pero antes de entrar en la casa por la puerta de atrás, hizo algo muy extraño: se puso rápidamente otro guante en la mano derecha. Dos manos, dos guantes, algo nunca visto en un campo de golf. Entró en la casa, estranguló a su mujer y, una vez muerta, corrió por toda la casa abriendo cajones y cogiendo objetos como joyas, relojes antiguos y pistolas. Hizo que todo pareciera un robo, de modo que creyéramos que un ladrón desconocido había entrado en la casa para robar y, al toparse con Myra, no tuvo más remedio que eliminarla.

Otra larga pausa. La sala guardaba un silencio sepulcral. Hogan parecía disfrutar el dramatismo del momento.

—¿Cómo sabemos todo esto? —prosiguió—. Porque hay un testigo, un joven llamado Bobby Escobar. Trabajaba en el campo de golf cortando el césped y demás, y aquella mañana, a las once y media, paró para almorzar. Bobby es un trabajador indocumentado procedente de El Salvador. Está aquí ilegalmente, como tantos otros, pero eso no cambia que aquel día viera a Pete Duffy entrar a hurtadillas en su casa. —Hogan tecleó en su portátil y apareció otra fotografía aérea—. Bobby estaba sentado entre los árboles, justo aquí, en medio de su pausa de treinta minutos para el almuerzo. Desde este lugar tenía una magnífica vista de la parte de atrás de la casa de Duffy. Así vio a Pete Duffy aparcar su carrito de golf, ponerse el segundo guante en la mano derecha y entrar apresuradamente en la casa. Al cabo de unos minutos lo vio salir, aún con más prisas, y alejarse a toda velocidad.

Jack Hogan caminó hasta su mesa y tomó un sorbo de agua de un vaso de plástico. Los miembros del jurado observaban atentamente cada uno de sus movimientos. Entonces se metió las manos en los bolsillos, como si hubiera llegado el momento de mantener una charla amistosa.

—Señoras y señores del jurado, resulta fácil criticar, incluso condenar al señor Escobar por estar en este país de forma ilegal. Vino aquí en busca de una vida mejor. Dejó a su familia en El Salvador y todos los meses envía dinero a su madre. Pero, claro, está aquí ilegalmente, y la defensa no dejará de utilizar eso en su contra, lo atacará por ello. Además, apenas habla inglés y tendrá que testificar mediante un intérprete. Por favor, no permitan que eso enturbie su criterio. Por otra parte, está claro que el señor Escobar preferiría no testificar. Tiene miedo de los tribunales y de las autoridades, y además con razón. Pero vio lo que vio, y lo que vio resulta fundamental para decidir la suerte de este juicio. Bobby Escobar no tiene ninguna razón para mentir. No conocía ni a Pete ni a Mira Duffy. Ni siquiera sabía que la habían asesinado. No estaba buscando problemas. No es más que un chico solitario y melancólico que almorzaba tranquilamente en el bosque, apartado de sus compañeros. Pero resultó que se encontraba en el lugar y en el momento precisos para ser testigo de algo muy importante. Bobby Escobar ha demostrado una gran valentía dando la cara para testificar ante este tribunal. Les pido, por favor, que lo escuchen con la mente abierta.

Cuando Jack Hogan se sentó, Theo no podía imaginarse que alguien siguiera creyendo que Pete Duffy era inocente.

El juez Gantry golpeó con su mazo y ordenó un receso de quince minutos. Theo no quería arriesgarse a perder su asiento, así que él y su tío permanecieron en la sala.

—¿Has tenido alguna noticia de Bobby? —susurró Ike.

Theo meneó la cabeza. No.

17

La identidad de Bobby Escobar había sido revelada hacía un mes durante una sesión a puerta cerrada con el juez Gantry. Jack Hogan la había mantenido en secreto el máximo tiempo posible, pero las normas del procedimiento judicial obligaban a dar el nombre de todos los testigos antes del juicio. El magistrado les había advertido muy seriamente: cualquier contacto extraoficial con Bobby sería castigado con severidad. Coaccionar a un testigo era un delito muy grave, y no dudaría en sancionar a cualquiera que tratara de intimidar al joven. Las palabras del juez Gantry estaban dirigidas específicamente a Clifford Nance y a su equipo de la defensa. En un momento dado, Nance objetó:

—Señoría, con el debido respeto, parece sugerir que estamos dispuestos a cometer algún acto delictivo. Me resulta muy ofensivo.

—Tómeselo como quiera, señor Nance —replicó el juez Gantry—. Pero no permitiré que nadie cruce una sola palabra con ese chico, ¿de acuerdo? Controlaré muy de cerca este asunto.

La policía había trasladado a Bobby a un lugar secreto y le había proporcionado vigilancia las veinticuatro horas del día. Apenas podía tener contacto con su familia y sus amigos. Iba a trabajar todos los días al campo de golf, pero escoltado de cerca por un agente de paisano.

A Theo le llevó casi una semana averiguar dónde lo tenían escondido. Julio se lo confesó un día durante el recreo. Le dijo que Bobby estaba más asustado que nunca y que desearía no haberse prestado a declarar. Le contó que añoraba mucho su país y que estaba muy preocupado por su madre; la mujer estaba muy enferma y quería que volviera a El Salvador. Bobby amenazaba con desaparecer de nuevo a través de la inmensa red clandestina que lo había traído. Decía que ojalá nunca hubiera encontrado ese trabajo en el campo de golf. Theo insistió a Julio para que convenciera a su primo de que se mantuviera firme, de que fuera valiente y todo eso, pero Julio también empezaba a tener serias dudas sobre la implicación de Bobby. Le dijo a Theo que, para él, era muy fácil creer en «hacer lo correcto» y en el sistema de justicia estadounidense, pero que no entendía las consecuencias de ser un ilegal, despreciado, asustado todo el tiempo, incapaz de hablar el idioma, y constantemente amenazado por la posibilidad de ser arrestado y deportado. Bobby no confiaba en la policía porque esta siempre hacía redadas contra los ilegales y se los llevaba esposados. Sí, claro, ahora lo trataban muy bien, pero ¿qué pasaría cuando acabara el juicio?

Cuando oyó a Jack Hogan pronunciando una y otra vez el nombre de Bobby ante el tribunal, Theo también empezó a tener sus dudas. Él era el responsable de haberlo encontrado y de que se implicara en el caso.

Y ahora las cosas iban a ponerse aún peor.

Después de imponer orden en la sala, el juez Gantry dijo:

—Señor Nance, proceda con la exposición inicial de la defensa.

El abogado se levantó con aire solemne y avanzó con paso parsimonioso hacia la tribuna del jurado. Como era habitual en él, empezó soltando una bomba. En voz muy alta y con gran dramatismo, proclamó:

—Bobby Escobar es un delincuente. Ha infringido las leyes de esta gran nación cruzando de forma ilegal nuestra frontera para su propio beneficio económico. Ha estado viviendo aquí ilegalmente y ha disfrutado de las ventajas que ofrece nuestro país. Él tiene un trabajo, un empleo al que no debería tener acceso, mientras que muchos de nuestros compatriotas se encuentran en el paro. Él puede hacer sus tres comidas diarias, mientras que diez millones de niños estadounidenses se van a la cama todas las noches sin cenar. Él cuenta con un techo bajo el que cobijarse, mientras que un millón de ciudadanos de nuestro país no tienen hogar. Cuando se pone enfermo, puede acudir a nuestros hospitales para recibir una excelente atención sanitaria, que pagan nuestros contribuyentes. —Nance guardó silencio y caminó hasta el otro extremo de la tribuna. Miró fijamente a los miembros del jurado y luego continuó—: ¿Por qué no lo han arrestado? ¿Por qué no lo han deportado a El Salvador? La respuesta es, señoras y señores del jurado, porque ha hecho un trato con la policía y con la fiscalía. No solo ha encontrado la manera de quedarse en nuestro país, sino también de vivir aquí sin miedo a ser detenido. Se ha convertido en el testigo clave de este caso. Cuando suba al estrado de los testigos, contará todo lo que la policía y la fiscalía quieren que diga. Y después de testificar, no será arrestado ni deportado. ¿Y por qué? Porque ha hecho un trato. A cambio de su testimonio fraudulento y nada fiable en contra de mi cliente, el señor Pete Duffy, Bobby Escobar será tratado de manera distinta al resto de los inmigrantes ilegales. Recibirá un estatus especial: el de la inmunidad. No podrán deportarlo. No podrá recibir el castigo que nuestras leyes dicen que merece. Recibirá protección de la policía y de la fiscalía mientras vaga por ahí en busca de un permiso de trabajo, o incluso de una tarjeta de residencia. Quién sabe si no le habrán prometido una manera rápida y fácil de obtener la ciudadanía estadounidense. —Hizo otra pausa mientras caminaba hasta el otro extremo de la tribuna. Los miembros del jurado lo observaban atentamente. Abrió los brazos y dijo—: Señoras y señores del jurado, no se dejen engañar por un hombre en una situación desesperada. Bobby Escobar dirá cualquier cosa para evitar ser procesado. Dirá cualquier cosa para permanecer en nuestro país.

Clavó la mirada en los ojos de cada miembro del jurado, y luego regresó lentamente a su mesa.

¡Eso fue todo! La exposición inicial más corta de la historia judicial estadounidense.

Mientras almorzaban en Pappy's Deli, Ike dijo:

—Brillante, simplemente brillante. Ha atacado directamente a la pieza clave de la acusación y ha destruido la credibilidad de Bobby Escobar.

Theo, que tenía un nudo en el estómago desde que Clifford Nance había acabado su exposición, preguntó:

—¿Crees que el jurado pensará que Bobby miente?

—Sí. Clifford Nance lo machacará en el contrainterrogatorio. El jurado ya desconfía de su testimonio. Tienes que comprender, Theo, que la inmigración es un asunto muy controvertido en nuestro país. Según los expertos, la población está completamente dividida en el tema de los trabajadores indocumentados. Por una parte, mucha gente es consciente de que hacen básicamente los trabajos que nadie más quiere. Pero, por otra, hay miles de pequeños empresarios que no pueden competir con los bajos salarios que se pagan a los inmigrantes ilegales. Estoy seguro de que la mayoría de los miembros del jurado conocen a alguien que ha perdido su negocio por no contratar mano de obra ilegal, que resistió la tentación de tomar el camino fácil, pero lo pagó con creces cuando tuvo que echar el cierre. A esos indocumentados les pagan con dinero negro, y generalmente muy por debajo del salario mínimo. Así que hay mucha indignación acumulada, que se dirige contra pobre gente como Bobby Escobar.

—Pero Waverly Creek es el club de golf más selecto de la región. ¿Por qué contrata a trabajadores indocumentados?

—Para ahorrar dinero, y mucho. Además, los empresarios no siempre están al corriente de la situación de los trabajadores. Hay mucho papeleo falso en torno a los contratos, y los empleadores no suelen hacer muchas preguntas. Con frecuencia, los propietarios de las grandes empresas recurren a compañías más pequeñas para que les hagan el trabajo sucio mientras ellos miran hacia otro lado. En el caso de Bobby, es muy probable que trabaje para alguna pequeña empresa de jardinería, contratada por el campo de golf. Lo más fácil es hacer la vista gorda y ahorrar en gastos.

Theo, que no había tocado aún su sándwich, preguntó:

—Entiendo, pero ¿qué le ocurre a uno de esos empresarios cuando lo pillan utilizando mano de obra ilegal?

—Lo detienen y le ponen una buena multa. Pero rara vez sucede. Hay demasiados trabajadores ilegales, y demasiados empresarios que prefieren pagar en negro y usan mano de obra barata. Cómete el sándwich.

—No tengo hambre. Se me ha cerrado el estómago. Ojalá no hubiese arrastrado a Bobby a este embrollo.

—Este embrollo empezó cuando Pete Duffy asesinó a su mujer. No es culpa tuya, ni mía ni de Bobby. Un crimen siempre arrastra a gente inocente, gente que preferiría no verse involucrada. Pero así son las cosas. Si todos los testigos tuviesen miedo a testificar, muchos crímenes nunca se habrían resuelto.

A pesar de que no tenía nada de apetito, Theo consiguió mordisquear los bordes de su sándwich.

La sesión de la tarde empezó con Jack Hogan llamando al primer testigo de la acusación. Se trataba de Emily Green, la hermana menor de Myra Duffy. Después de prestar juramento, se sentó en el estrado de los testigos y trató de sonreír a los miembros del jurado. Se notaba que estaba muy nerviosa, como la mayoría de los testigos cuando son llamados a declarar. Jack Hogan empezó a hacerle preguntas para que expusiera paso a paso lo sucedido el día en que murió su hermana. Habían quedado para almorzar, pero Myra no se presentó, y Emily la llamó varias veces por teléfono. Al no obtener respuesta, sospechó que algo malo ocurría, ya que su hermana siempre tenía el móvil a mano. Emily se dirigió a toda prisa a la casa de los Duffy en Waverly Creek y encontró la puerta principal entreabierta. Cuando entró, allí estaba Myra, tendida sobre la moqueta del salón. No había signos de lucha, al principio pensó que su hermana se habría desmayado o habría sufrido un ataque al corazón. Le tomó el pulso y, al comprobar que estaba muerta, le entró el pánico y llamó al 911. A medida que contaba la historia, la emoción iba embargando su voz, pero logró mantener la compostura.

Clifford Nance se levantó y dijo que no tenía preguntas para la testigo. Emily Green abandonó el estrado y fue a sentarse en la primera fila, detrás de la mesa de la acusación.

Jack Hogan llamó a su siguiente testigo, el inspector Thomas Krone. Tras unas preguntas preliminares, el inspector Krone describió la escena del crimen. Apareció una nueva foto en la pantalla, y los miembros del jurado pudieron ver cómo se había encontrado el cuerpo de Myra Duffy. Lucía un elegante vestido y todavía llevaba puestos los zapatos de tacón. Hogan y Krone repasaron minuciosamente los detalles de la foto. La siguiente imagen fue un primer plano de su cuello. El inspector explicó que, al examinar el cuerpo, notó cierta rojez y una ligera hinchazón a ambos lados del cuello, justo debajo de la mandíbula. Sospechó de inmediato que se trataba de un estrangulamiento. Poco después, cuando la señora Green estaba siendo atendida por otro agente, levantó el párpado del ojo derecho de Myra Duffy. Estaba totalmente rojo, y Krone supo entonces con certeza que se trataba de un asesinato.

Otras fotos mostraban los armarios y los cajones abiertos por el asesino, así como su contenido desparramado, en un intento de que el crimen pareciera un robo, seguido por un homicidio. Habían desaparecido varios relojes antiguos que pertenecían a Pete Duffy, tres pistolas de su colección y algunas piezas de joyería de Myra. Ninguno de esos objetos fue encontrado. Enseñaron también fotos de la entrada principal, de la puerta del patio de atrás, que estaba cerrada pero sin llave, y del sistema de alarma, desconectado. Hogan utilizó una vista aérea para que Krone pudiera explicar al jurado lo cerca que la mansión de Duffy estaba del hoyo 6 del campo. En otras fotos se veían la fachada principal y los costados de la casa, situada en una parcela arbolada y poco visible desde la calle, para demostrar la privacidad del lugar. Se habían tomado muestras de las huellas dactilares encontradas en puertas, pomos, ventanas, armarios, cajones y joyeros, así como en la cajita antigua de caoba donde el señor Duffy guardaba sus relojes. Las huellas se correspondían con las del matrimonio Duffy y con las de su asistenta. Era de esperar, porque los tres vivían o trabajaban allí. No obstante, aquello señalaba dos únicas posibilidades: que el asesino hubiera sido muy cuidadoso y llevase guantes o que el asesino fuera Pete Duffy o la asistenta. Esta última no había ido a trabajar ese día y, además, tenía una sólida coartada.

Cuando acabaron con las fotos, Jack Hogan desplegó un gran diagrama de Waverly Creek. Pidió al inspector Krone que señalara la ubicación de la casa de los Duffy, los tres recorridos existentes en el campo de golf, las distintas instalaciones, etcétera. Según el ordenador de la recepción del club, aquella mañana, Pete Duffy salió a jugar el recorrido de los Nueve Norte, en solitario, a las once y diez. El tiempo era desapacible y había muy pocos jugadores en los tres recorridos. Duffy utilizó un carrito de golf en lugar de ir a pie y, según las pruebas efectuadas por la fiscalía, debía de hallarse en el cuarto o quinto hoyo en el momento en que fue asesinada su mujer. Una persona que condujera un carrito idéntico al suyo podría trasladarse desde esa parte del campo hasta la casa de Duffy en unos ocho minutos.

Por lo que el inspector Krone había podido averiguar, nadie había visto a Pete Duffy conduciendo el carrito a toda velocidad hasta el recorrido del Arroyo para ir a su casa. Tampoco nadie lo había visto regresar a los Nueve Norte después del momento de la muerte de su mujer. Tampoco se había visto a nadie entrando o saliendo de la mansión de los Duffy. Ningún vecino había informado sobre la presencia de algún vehículo extraño cerca de la casa, aunque, claro, eso era algo normal en Waverly Creek: la urbanización había sido diseñada para salvaguardar la intimidad de sus residentes. Vivían «en las afueras» y protegidos por una verja, y no estaban acostumbrados a observar lo que ocurría en las calles. En resumen, había sido una mañana muy tranquila en la que no había ocurrido nada fuera de lo normal, hasta que se produjo la llamada de Emily Green.

El inspector Krone declaró que él y su equipo habían estado en la casa durante casi diez horas. Se encontraba allí cuando Pete Duffy llegó corriendo hacia las dos y media y vio a su mujer todavía tendida en el suelo. Su reacción fue la de alguien totalmente conmocionado, muy afectado.

Como todos los buenos fiscales, Jack Hogan era lento y metódico, y empezó a repetir preguntas que buscaban siempre la misma respuesta. Al cabo de dos horas, Clifford Nance comenzó a protestar, pero el juez Gantry no parecía tener prisa. Cuando Hogan dijo por fin: «No hay más preguntas», el magistrado anunció un receso de quince minutos.

Theo odiaba admitirlo, pero se estaba aburriendo. Eran casi las cuatro de la tarde, y las clases ya habían terminado. Le habría gustado ir a ver a Julio para asegurarse de que su primo se encontraba bien, pero sabía que no sería posible: Bobby estaba bajo custodia policial, y Julio apenas podía contactar con él.

—Creo que ya he tenido bastante por hoy —dijo Ike—. ¿Te quedas?

Pues claro. Su tío podía darse el lujo de presenciar todo el juicio, pero Theo disponía de muy pocas oportunidades.

—Supongo —respondió—. ¿Quién es el siguiente testigo?

—Bueno, Clifford Nance tiene que interrogar al inspector Krone. No creo que consiga mucho, pero intentará machacarlo.

—Puede ser divertido. Me quedaré un rato. Nos vemos mañana.

Ike le dio unos golpecitos en la rodilla y se marchó. Theo quería sacar su móvil y enviarle un mensaje al señor Mount, pero no se atrevía. Si te pillaban usando el teléfono en el tribunal del juez Gantry, te expulsaban, te prohibían volver a la sala y te ponían una multa de cien dólares. Ni siquiera Theo podría librarse si lo cogían. Así que decidió no sacar el móvil del bolsillo.

Clifford Nance empezó su contrainterrogatorio al inspector Krone con unas sencillas preguntas. Determinó que, en el momento de su muerte, Myra Duffy medía un metro setenta y pesaba sesenta kilos. Tenía cuarenta y seis años, gozaba de buena salud, estaba en forma y, por lo que Krone sabía, no presentaba ningún impedimento físico. Jugaba mucho al tenis, salía a correr de vez en cuando y practicaba yoga. Pete Duffy era tres años mayor que su esposa, medía diez centímetros más y pesaba unos ochenta kilos. Según sus propias declaraciones, hacía muy poco ejercicio y fumaba dos paquetes de tabaco al día. En otras palabras: Myra Duffy no era una mujer menuda, y Pete Duffy no era un hombre muy corpulento. Y ella estaba en mejor forma física que él.

¿Tenía alguna lógica pensar que Pete Duffy pudiera coger a su mujer, rodearle el cuello con las manos y estrangularla hasta morir sin que hubiera el menor indicio de pelea?

Ella no tenía ninguna uña rota que indicara que había opuesto resistencia. Él no presentaba ningún rasguño en las manos, los brazos o la cara que sugiriera un forcejeo desesperado por parte de su esposa.

Sí, tenía lógica, explicó el inspector. En primer lugar, ella lo conocía y confiaba en él. Eso le habría permitido acercarse a su mujer sin alarmarla. Podría haberse colocado detrás de ella, agarrarla del cuello con ambas manos y aplicar la presión suficiente hasta dejarla inconsciente en cuestión de segundos. Luego habría seguido apretando durante unos cuatro minutos hasta matarla.

El estrangulamiento manual era una forma habitual de asesinato en asuntos domésticos, explicó Krone.

Nance pareció irritado ante esas palabras y le preguntó cuántos asesinatos similares había investigado. El inspector no recordaba ninguno, y el letrado lo acusó de ser un testigo poco fiable que hablaba demasiado. El contrainterrogatorio entró rápidamente en barrena, con ambos hombres alzando la voz enfadados e interrumpiéndose el uno al otro. El juez Gantry intervino airado en un intento de calmar las cosas, pero ya no había manera de parar el enfrentamiento.

Ante la insistencia de Nance, Krone tuvo que admitir que él no era médico ni tenía conocimientos de medicina, ni tampoco había asistido a cursos especializados para inspectores de homicidios. Reconoció que no podía estar seguro de cómo el asesino había agarrado y estrangulado a la víctima. También que Pete Duffy no había sido sometido a un examen exhaustivo en busca de rasguños o marcas de uñas. Afirmó saber que Duffy llevaba puestos dos guantes de golf, y que quizá eso podría haberlo protegido de los esfuerzos de ella para liberarse.

—¡Quizá! —bramó Nance—. ¡Quizá esto! ¡Quizá lo otro! ¡Podría ser que...! ¡Suponiendo que...! ¿Está usted seguro de algo, inspector?

Cuanto más discutían, Krone parecía ir perdiendo fuelle, y Nance se iba creciendo conforme socavaba el testimonio del inspector. Tras una hora de brutal interrogatorio, el abogado dijo que no tenía más preguntas, y el juez Gantry suspendió la sesión por ese día: todo el mundo necesitaba un descanso.

18

A última hora de la tarde del lunes, Theo estaba en su despacho con Judge dormitando a sus pies. Trataba de concentrarse en sus tareas escolares, pero su mente vagaba en todas direcciones. No dejaba de pensar en Bobby Escobar y en la pesadilla que le aguardaba al pobre cuando se presentara a declarar ante el tribunal. Clifford Nance se abalanzaría sobre él como un perro rabioso hasta hacerlo llorar. Lo llamaría de todo. Lo acusaría de hacer un trato con la fiscalía para quedarse en el país. Le diría al jurado que Bobby contaría cualquier cosa con tal de salvar el pellejo. No había manera de prepararlo para lo que se le venía encima.

Y todo eso sería culpa de Theo. Si no fuera por él, a Bobby nunca lo habrían identificado como testigo. Si no fuera por él, Pete Duffy habría huido a América del Sur, y él no tendría que preocuparse por todo ese embrollo.

Se sentía totalmente miserable, habría deseado no haber estado nunca en un juzgado. Por primera vez desde que era capaz de recordar, las leyes lo ponían enfermo. Ojalá hubiera decidido ser arquitecto.

Unos golpes en la puerta trasera lo apartaron de su desdicha. Judge se incorporó de un salto y soltó un débil gruñido, pero solo para demostrar a Theo que estaba despierto y que cumplía con su papel de guardián del lugar. En realidad, el perro no era tan valiente, prefería evitar los problemas.

Era Julio. Parecía asustado e inseguro de lo que estaba haciendo. Ya había estado una vez allí, pero la sola idea de entrar en un bufete de abogados lo ponía nervioso. Se sentó en la única silla que había en el cuarto con aspecto de estar muy agobiado.

—¿Qué pasa, Julio? —preguntó Theo.

—Bueno... ¿Cómo va el juicio?

Cuando se conocieron en el albergue, hablaba con mucho acento hispano, pero ahora apenas se le notaba. Theo estaba asombrado de lo rápido que había aprendido inglés.

—Bien, supongo. Hoy me han dejado faltar a la escuela para ir al tribunal. ¿Cómo está Bobby?

—Lo tienen escondido en un motel de otra ciudad. No me ha dicho dónde, porque la policía le ha advertido que no se lo cuente a nadie. Pero está muy asustado, Theo. —Julio hizo una pausa y miró a su alrededor. Era evidente que tenía mucho más que contar, pero no estaba seguro de si debía hacerlo. Al final apretó los dientes y se decidió a continuar—: Verás, Bobby tiene un amigo, un chico estadounidense que trabaja con él y que hoy tenía el día libre. Ha ido al juzgado, se ha sentado en la galería y ha visto el juicio. Y luego le ha contado a Bobby que la situación pinta muy mal, que los abogados lo han llamado delincuente, embustero y todo tipo de cosas horribles. Le ha dicho que está loco si se presenta en el tribunal, que los jueces se le echarán encima y lo dejarán por tonto. Y que el jurado está convencido de que no es más que otro trabajador ilegal, dispuesto a mentir y a contar cualquier cosa con tal de conseguir la tarjeta de residencia. ¿Es eso cierto, Theo?

Theo se sintió tentado de maquillar un poco la verdad, de tranquilizarlo diciendo que a Bobby le iría bien, que no tenía nada de qué preocuparse y esas cosas. Pero no pudo hacerlo.

—¿Cómo te has enterado? —le preguntó.

—He hablado con Bobby.

—Y ¿cómo has podido hablar con él, si la policía lo tiene encerrado en un motel?

—Porque tiene un teléfono móvil, uno nuevo.

—¿Cómo lo ha conseguido?

—Se lo dio la policía. Pensaron que era importante que tuviera uno por si algo iba mal. Me llamó hace una hora. Me contó que había hablado con su amigo y que no sabía qué hacer. Theo, en serio, ¿tan mal están las cosas?

Theo respiró hondo y trató de pensar en alguna manera de hacer que la verdad pareciera mejor de lo que era.

—Bueno, Julio, tienes que entender cómo funcionan las sesiones en un tribunal. Sé que puede resultar bastante confuso, pero en realidad no es tan malo. Durante un juicio, los abogados dicen a veces cosas que no son exactamente ciertas. Recuerda que Pete Duffy está siendo juzgado por asesinato y podría ser condenado a pena de muerte. Cuenta con unos abogados muy buenos que hacen todo lo posible para salvar a su cliente. Por eso llegan a decir cosas que pueden sonar fatal, pero que en realidad no son tan malas. Bobby lo hará muy bien cuando sea llamado a testificar. Piensa que, sin su testimonio, la fiscalía no podría lograr que condenaran a Duffy.

—¿Es verdad que lo llamaron delincuente?

—Sí.

—¿Y dijeron que mentiría para conseguir algún tipo de acuerdo?

—Sí.

Julio meneó la cabeza, disgustado.

—Pues a mí me suena muy mal.

—Es solo el primer día del juicio. Todo saldrá bien.

—¿Cómo lo sabes, Theo? No eres más que un niño.

Y era verdad que, en ese momento, Theo se sentía como un niño. Un niño estúpido que había metido las narices en un mundo que resultaba muy duro incluso para los adultos.

Al otro lado de la calle, a media manzana de distancia, Omar Cheepe estaba sentado al volante de una vieja furgoneta, el tipo de vehículo que no llama la atención. Leía un periódico que ocultaba parcialmente su rostro, y de sus orejas salían unos finos cables blancos, como si estuviera escuchando un iPod.

Pero no era música lo que oía. Omar escuchaba cada una de las palabras que se estaban hablando en el despacho de Theo. Durante el fin de semana, él y Paco habían pasado un par de horas dentro de las oficinas de Boone & Boone. No les había costado mucho forzar la puerta trasera con la delgada hoja de una navaja. En el bufete no había ningún sistema de seguridad; al fin y al cabo, no era más que un despacho de abogados sin nada de valor que necesitara protección. Una vez dentro, colocaron cuatro micrófonos del tamaño de una caja de cerillas: uno, en la parte posterior de un aparador del despacho de la señora Boone, en un lugar donde ella no podía verlo; otro, entre dos tratados de leyes viejos y polvorientos, dispuestos en una de las estanterías superiores del despacho del señor Boone; un tercero, encima de un grueso manual de Derecho que se encontraba en la sala de conferencias; y el último, debajo del tablero de la maltrecha mesa de jugar a las cartas que Theo usaba como escritorio.

Cada uno de ellos podía transmitir durante unas dos semanas antes de que las pilas se agotaran. Si llegaban a ser descubiertos alguna vez, era probable que no fueran identificados como aparatos de escucha. Y aun de ser así, los Boone nunca sabrían quién los había colocado. Si fuera necesario, Omar y Paco podían entrar de noche en el bufete y retirar los micrófonos. Aunque seguramente no lo harían, ¿para qué molestarse? El juicio acabaría pronto.

Vince, el asistente legal, había sido el primero en llegar al bufete el lunes por la mañana. Como de costumbre, encendió las luces, ajustó el termostato, abrió las puertas cerradas con llave, preparó café e hizo la habitual inspección de rutina. No vio nada fuera de lo normal, aunque, claro, tampoco esperaba ver nada extraño. La puerta trasera estaba cerrada y no había marcas de que se hubiera forzado la entrada.

Omar sonrió para sí.

—No eres más que un niño —susurró.

Julio continuó hablando:

—Es todo culpa tuya, Theo. Bobby es mi primo y es un buen chico. Ese día estaba almorzando tranquilamente sentado en el bosque. Estaba allí él solo, para pensar en su familia y rezar sus oraciones, y no deseaba otra cosa que volver a su casa. Y entonces, por casualidad, vio a aquel hombre llegar en su carrito de golf. No sabía que en esa casa había habido un crimen. Solo estaba allí, pensando en sus cosas. Bobby cometió el error de contármelo, y yo cometí el error de contártelo a ti. Y entonces tú metiste por medio a tus padres, y luego al juez. Mi primo se alegró mucho cuando Duffy huyó, porque ya no tendría que verse envuelto en el caso. Theo, piensa cómo debe de sentirse un chico como él. No sabe qué hacer. Nosotros confiamos en ti, y ahora Bobby está escondido en un motel, vigilado por un par de policías y esperando a presentarse ante el tribunal para que lo destroce una panda de abogados.

Julio hizo una pausa y agachó la mirada. A Theo no se le ocurría nada que decir. Transcurrió un largo minuto en el más absoluto silencio. Finalmente, Theo dijo:

—Bobby está haciendo lo correcto, Julio. No es fácil, pero a veces una persona tiene que hacer lo que debe. Bobby es un testigo muy importante; de hecho, es el testigo más importante de todo el juicio. Tienes razón, él no ha pedido nada de esto. No quiere verse envuelto en este asunto. Pero una mujer ha sido asesinada por su propio marido, en su propia casa, y Duffy debe ser castigado por ello. No podemos dejar que los asesinos campen a sus anchas. Es verdad: Bobby estaba en el lugar y en el momento equivocados, pero ahora no puede hacer nada para cambiarlo. Vio lo que vio, y su deber es comparecer ante el tribunal y contárselo al jurado. No tiene nada que ganar con ello, así que el jurado lo creerá.

Julio cerró los ojos y pareció que iba a echarse a llorar. Pero no lo hizo, y preguntó:

—¿Hablarías con él? Tú tienes un móvil.

Aquello aterrorizó a Theo.

—No creo que sea una buena idea. El juez podría pensar que intento coaccionar a un testigo.

—¿Qué quiere decir eso?

—Cuando alguna de las partes de un caso trata de influir en un testigo, está cometiendo un delito que se conoce como «coacción». Los abogados preparan a sus propios testigos para el juicio, pero no está permitido que otras personas intenten... bueno, apretarles las clavijas. No estoy seguro de que eso se me pueda aplicar a mí, pero no me sentiría bien haciéndolo.

—No entiendo nada de todo esto, y Bobby tampoco. Supongo que ese es el problema: este no es nuestro mundo.

Theo se quedó mirando la pared mientras su mente no paraba de dar vueltas. Algo le decía que era muy importante conseguir el número de teléfono de Bobby.

—¿Qué tal es su inglés? —preguntó.

—No muy bueno. En realidad, bastante malo. ¿Por qué?

—Estaba pensando... ¿Por qué no le envías un mensaje con mi móvil, en español, claro, y le dices que las cosas no están tan mal como él cree?

—¿No nos meteremos en problemas?

«Puede que sí, puede que no», pensó Theo. Por otra parte, ellos no trataban de influir en el testimonio de Bobby, solo intentaban tranquilizarlo. Y de ese modo, Theo tendría además el número de Bobby en la memoria de su móvil.

—No, no nos meteremos en problemas —respondió Theo sin el menor atisbo de confianza.

—Nunca he enviado un mensaje —dijo Julio.

—Vale, tú escribe una pequeña nota en español y yo la enviaré.

Theo le entregó un cuaderno y un lápiz.

—¿Y qué pongo? —preguntó Julio.

—Algo así como: «Hola, Bobby. Soy Julio, te escribo desde el móvil de Theo. Me ha dicho que no hay nada de qué preocuparse. Lo harás muy bien y no te pasará nada».

Si hubiera tenido tiempo y un diccionario de español, Theo podría haber escrito el mensaje él mismo. Pero no era momento de hacer experimentos. Julio redactó la nota y le pasó el cuaderno.

—¿Cuál es el número? —preguntó Theo mientras sacaba su móvil.

Julio rebuscó en su bolsillo, cogió un trozo de papel y leyó: «445-555-8822».

Theo introdujo el número, tecleó el mensaje y pulsó «Enviar». Dejó el móvil en la mesa y se lo quedó mirando durante unos segundos, como si esperara una respuesta instantánea.

—¿Cuánto tiempo lleva en el motel? —preguntó.

—Lo llevaron allí el sábado. Su jefe se enfadó mucho, pero la policía le dijo que se tranquilizara. Ahora Bobby es alguien muy importante, y la policía lo trata muy bien.

—Eso espero. Es el testigo clave y no le va a pasar nada malo. Deja de preocuparte, Julio.

—Para ti es fácil decirlo. Ahora debo irme a casa. Tengo que cuidar de Héctor y de Rita.

—Salúdalos de mi parte.

—Lo haré.

Omar observó cómo Julio se montaba en su bici y se alejaba a toda velocidad. Cuando el muchacho se perdió de vista, se quitó los auriculares, cogió su móvil y llamó a Paco.

—El señor Julio Pena acaba de abandonar el despacho del joven Theodore Boone —dijo con una desagradable sonrisa en los labios—. No te lo vas a creer. Nuestro chico, Bobby, se esconde en un motel de una ciudad desconocida, custodiado por la policía. No podemos echarle el guante, pero ahora dispone de un móvil y tenemos el número.

—Genial.

—¿Cómo vas de español?

—¿Me tomas el pelo? Es mi lengua materna, ¿recuerdas?

En Robilio's, los Boone se sentaron a su mesa favorita y saludaron amigablemente al propietario del restaurante, el señor Robilio, que se encargaba de servirles en persona todos los lunes. El hombre elogió el plato especial de la noche, raviolis rellenos, diciendo que habían quedado mejor que nunca. Pero, claro, eso era lo que decía todas las semanas acerca de la especialidad del día. En cuanto se marchó, el señor Boone dijo:

—Muy bien, Theo, háblanos del juicio. Quiero conocer hasta el último detalle.

Theo estaba muy harto de aquel asunto y no tenía ganas de hablar. Sin embargo, sus padres habían tenido el detalle de dejarle faltar a la escuela, y supuso que les debía un resumen de lo ocurrido en el tribunal. Empezó por el principio, describiendo las exposiciones iniciales, y estaba ya totalmente lanzado cuando el señor Robilio regresó.

—¿Qué vas a tomar, Theo? —preguntó.

—Nada —saltó el señor Boone—. Está en huelga de hambre.

—¿Cómo? —exclamó el señor Robilio, horrorizado.

—Vamos, Woods —intervino la señora Boone—. La huelga de hambre duró apenas diez minutos.

—Raviolis rellenos —se apresuró a decir Theo.

La señora Boone pidió una ensalada de calamares, y su marido, los espaguetis con albóndigas de ternera. El señor Robilio pareció aprobar su elección y se alejó rápidamente. Theo continuó con su relato. Sus padres se quedaron impactados ante los comentarios hechos por Clifford Nance en su exposición inicial.

—No puede llamar delincuente a Bobby —dijo el señor Boone—. El muchacho no ha sido condenado por ningún delito.

—¿Protestó Hogan? —preguntó la señora Boone—. Se trata de un argumento sin duda inapropiado.

—No protestó —respondió Theo—. El señor Hogan se quedó sentado de brazos cruzados. Eso va a ser muy malo para Bobby —prosiguió—. Siento lástima por él, y también me siento fatal conmigo mismo.

El señor Boone dio un mordisco a una rebanada de pan de ajo y, al tiempo que le caían unas cuantas migas de la boca, comentó:

—Bueno, me parece que Nance podría verse perjudicado si ataca a Bobby por contar la verdad.

—No estoy tan segura —intervino la señora Boone—. Existe mucho rechazo hacia los trabajadores indocumentados.

Theo no podía recordar una sola ocasión en que sus padres se mostraran de acuerdo en alguna cuestión relacionada con las leyes. No tardaron en enzarzarse en una discusión sobre cómo recibiría el jurado la declaración de Bobby. Llegaron los platos y Theo comenzó a comer. Era evidente que sus padres estaban fascinados por el juicio, al igual que el resto de la ciudad. Entonces ¿por qué no iban al tribunal para presenciarlo? Ambos alegaban que estaban muy ocupados. Sin embargo, Theo sospechaba que no estaban dispuestos a reconocer que la labor de otros abogados pudiera ser más importante que su propio trabajo. Le parecía una actitud bastante infantil.

De repente, Theo perdió el apetito. No podía disfrutar de la comida. Tras engullir el primer ravioli, su madre le preguntó:

—Theo, no estás comiendo. ¿Qué te pasa?

—Nada, mamá. Estoy bien.

A veces, cuando tenía mucha hambre, su madre lo regañaba por comer demasiado deprisa. Cuando estaba preocupado por algo y perdía el apetito, ella lo presionaba para que le contara qué iba mal. Y cuando todo iba estupendamente y comía a un ritmo normal, ella no decía nada.

Lo que sus padres necesitaban era otro hijo, o incluso dos, alguien más en la casa a quien observar y analizar. Por lo que respectaba a ser hijo único, Theo ya había decidido que las cosas buenas superaban a las malas. No obstante, había ocasiones en que le habría ido muy bien tener más hermanos, alguien que también reclamara la atención de sus padres. Por otra parte, era consciente de que Chase tenía una hermana mayor que era absolutamente odiosa. Y el hermano mayor de Woody estaba en un Centro de Detención Juvenil. Y Aaron tenía un hermano pequeño que era más malo que la tiña.

Tal vez, en el fondo, Theo tenía mucha suerte.

Y seguía sin haber noticias de Bobby.

19

Bobby Escobar se encontraba en un motel a unos cincuenta kilómetros de Strattenburg. Estaba sentado en la cama, viendo otra película antigua en la televisión. No se sintonizaba ningún canal que emitiera en español, y se esforzaba por entender lo que ocurría en la pantalla. De veras que lo intentaba. Escuchaba con mucha atención y de vez en cuando trataba de repetir aquellas rápidas frases en inglés, pero resultaba agotador. Era su tercera noche en el motel y estaba ya aburrido de tanta rutina.

Una puerta comunicaba con el cuarto contiguo, donde el chico pudo oír al agente Bard riendo de algo que salía en televisión. En la habitación del otro lado estaba el agente Sneed. Bobby se encontraba emparedado entre ambos, totalmente protegido. Los dos policías hacían todo lo posible para que se sintiera cómodo. Por las noches iban a cenar a un restaurante mexicano donde preparaban unas enchiladas muy buenas. Hasta el momento, los almuerzos habían consistido en pizza o hamburguesas. Desayunaban en un local de gofres, ante la mirada curiosa de los clientes habituales, que se preguntaban quién era aquella gente tan extraña. Entre comidas se quedaban en el motel jugando a las damas o deambulaban por la ciudad para matar el tiempo. De vez en cuando se entretenían animando a Bobby a que repitiera palabras y frases en inglés, pero su progreso era lento. Los agentes también se aburrían, pero eran profesionales y se tomaban su trabajo muy en serio.

A las nueve y siete de la noche, su nuevo teléfono móvil vibró a su lado, sobre la cama. Acababa de entrar un mensaje en español que decía: «Bobby, si acudes al tribunal, eres hombre muerto. Los abogados te destrozarán. Lo peor que puedes hacer es presentarte en el juicio».

Agarró el teléfono, se quedó mirando el número desconocido y se sintió presa del pánico. Nadie conocía su número, salvo la policía, su jefe, la tía Carola (la madre de Julio) y Theo Boone. Hacía menos de una semana que tenía el móvil y aún estaba intentando aprender a usarlo. Y ahora, un desconocido lo había encontrado.

¿Qué debía hacer? Su instinto le decía que llamara al agente Bard y le mostrase el mensaje, pero esperó. Respiró hondo y trató de calmarse.

Pasaron dos minutos. A las nueve y nueve, el móvil volvió a vibrar con otro mensaje de texto: «Bobby, la policía piensa arrestarte en cuanto termine el juicio. No puedes confiar en ellos. Te utilizan para conseguir lo que quieren y luego te pondrán las esposas. ¡Huye!».

Estaba escrito en un español impecable. El número desconocido tenía el mismo prefijo local: 445. Se sentía aterrorizado, pero no se movió. Solo tenía ganas de llorar.

A las nueve y cuarto, llegó un tercer mensaje: «Bobby, la policía te está engañando. Y también Julio, Theo Boone y todos los demás. No caigas en su trampa. No les importas nada. Todo es una trampa. ¡¡¡Huye, Bobby, huye!!!».

Muy despacio, Bobby tecleó: «¿Quién eres?».

Transcurrió media hora sin que llegara ninguna respuesta. A Bobby le entraron náuseas y fue al cuarto de baño. Se inclinó sobre el inodoro e intentó vomitar, pero no le salió nada. Se cepilló los dientes y esperó, sin apartar los ojos del móvil. El agente Sneed entró para decirle que se iba a acostar. El chico lo tranquilizó asegurando que todo estaba bien. El día siguiente era martes, la segunda jornada del juicio, y seguramente Bobby no tendría que presentarse aún ante el tribunal. Según Sneed, Jack Hogan tenía previsto llamarlo a declarar el miércoles. Así pues, les esperaba otro día largo y aburrido.

Bobby le dio las gracias, y Sneed se fue a dormir. La puerta del cuarto contiguo seguía abierta, vio al agente Bard moviéndose por la habitación: entró en el cuarto de baño, se puso una camiseta y unos pantalones de deporte cortos y se tumbó en la cama para seguir viendo televisión. En varias ocasiones, Bobby estuvo a punto de entrar en su habitación para enseñarle los mensajes, pero se sentía paralizado por la duda.

No sabía qué hacer. Le caían bien aquellos agentes, lo trataban como si fuera alguien importante, pero ellos vivían en otro mundo. Además, no eran más que unos simples policías. Las grandes decisiones las tomaban sus jefes.

A las nueve y cuarenta y siete, llegó el cuarto mensaje: «Bobby, sabemos que tu madre está muy enferma. Si te presentas ante el tribunal, no volverás a verla en años. ¿Sabes por qué? Porque te estarás pudriendo en una prisión estadounidense a la espera de ser deportado. Es una trampa, Bobby. ¡Huye!».

Apenas le quedaba batería. Sin hacer ruido, Bobby enchufó el móvil al cargador. Mientras esperaba, pensó en su madre, en su muy querida y enferma madre. No la veía desde hacía más de un año. Sentía un gran dolor en el corazón cuando pensaba en ella y en sus hermanos pequeños, y en su padre, que trabajaba sin descanso para alimentar a su familia. El padre había animado a Bobby para que se marchara a Estados Unidos, encontrara un buen trabajo y, con suerte, enviara dinero a casa.

A las diez, el agente Bard asomó la cabeza por la puerta y le preguntó en un español espantoso si todo estaba bien. Bobby sonrió y acertó a decir: «Buenas noches». Bard cerró la puerta y apagó las luces, y él hizo lo mismo.

Una hora más tarde, Bobby abandonó sigilosamente la habitación y salió al pasillo. Bajó el tramo de escaleras hasta la planta baja, se escabulló por una puerta de emergencia y se adentró en la oscuridad.

Hacia medianoche, Theo y Judge dormían profundamente cuando un ruido débil interrumpió su plácido sueño. Era la suave vibración del móvil sobre la mesilla de noche. El perro no se inmutó, pero Theo se despertó y lo cogió. Marcaba las doce y dos minutos.

—Hola —dijo casi en un susurro, aunque podría haber respondido a gritos porque sus padres no lo habrían oído: dormían en el piso de abajo, lejos de su habitación, con la puerta cerrada.

—Theo, soy yo, Julio. ¿Estás despierto?

Theo respiró profundamente y pensó en todas las agudas réplicas que podía soltarle, pero enseguida se dio cuenta de que algo iba mal. Si no, ¿por qué iba a llamarlo?

—Sí, Julio, ahora estoy despierto. ¿Qué pasa?

—Acabo de hablar con Bobby. Ha llamado aquí y nos ha despertado. Se ha escapado de la policía. Está escondido en alguna parte, se encuentra muy asustado y no sabe qué hacer. Mi madre no para de llorar.

Genial: llorar es lo mejor que se puede hacer en estos momentos.

—¿Por qué se ha escapado? —preguntó Theo.

—Dice que todo el mundo lo engaña: la policía, tú, yo, el juez, el fiscal... No confía en nadie y está convencido de que lo detendrán en cuanto termine el juicio. Dice que no piensa acercarse por el tribunal. Está muy enfadado, Theo. ¿Qué vamos a hacer?

—¿Dónde se encuentra ahora?

—En la ciudad de Weeksburg, dondequiera que esté eso. Estaba alojado en un motel con un par de policías, esperó a que se durmieran para escapar. Se ha escondido en la parte de atrás de una tienda que abre las veinticuatro horas, en un barrio muy conflictivo. Está aterrado, pero no piensa acudir de nuevo a la policía.

Theo salió de la cama y se puso a caminar arriba y abajo por la habitación. Aún estaba medio dormido y se esforzaba por pensar con claridad. Judge lo miraba con curiosidad, irritado porque lo había despertado y le había arruinado una buena noche de sueño.

—¿Crees que querría hablar conmigo? —preguntó.

—No.

—De todos modos, no creo que fuera una buena idea.

En realidad era una pésima idea. Theo sabía que era el momento de desentenderse y dejar que los adultos manejaran la situación. Lo último que quería era que el juez Gantry lo reprendiera severamente por haber tratado de influir en un testigo. De hecho, Theo decidió en ese momento olvidarse por completo del juicio. Olvidarse de Pete Duffy y de Bobby Escobar. Olvidarse de Jack Hogan y de Clifford Nance. Olvidarse de todo y volver a ser un chaval normal.

Si Bobby Escobar quería esfumarse, él no podía impedírselo.

—No sé qué hacer, Julio —dijo—. En realidad, no hay nada que podamos hacer.

—Pero aquí estamos todos muy preocupados por Bobby. Está ahí fuera, solo, escondido quién sabe dónde.

—Está ahí fuera porque él quiere y, además, es un chico duro, Julio. Estará bien.

—Todo esto es culpa tuya.

—Gracias, Julio —dijo Theo—. Muchas gracias.

Se metió en la cama y se quedó mirando al techo. Judge se durmió rápidamente, pero Theo permaneció despierto durante horas.

Llenó muy despacio su cuchara con Cheerios, luego le dio la vuelta y dejó caer los cereales en la leche. Tomaba una cucharada de vez en cuando, pero no podía saborear nada. Llenaba la cuchara, la dejaba caer. Sentado a sus pies, Judge no parecía tener tantos problemas para desayunar.

La señora Boone se encontraba en la sala de estar, disfrutando de su refresco bajo en calorías y de su periódico, totalmente ajena al desastre que se avecinaba en el juicio de Pete Duffy. Sin duda ya habrían avisado a Jack Hogan de lo ocurrido, y la fiscalía estaría sumida en un auténtico caos. ¿Qué ocurriría en el tribunal al cabo de más o menos una hora?

Theo se moría de ganas por saberlo, pero también estaba decidido a desentenderse del juicio.

A las ocho, enjuagó los cuencos en el fregadero y guardó la leche y el zumo de naranja en la nevera. Se dirigió a la sala de estar y besó a su madre en la mejilla.

—Me voy a la escuela —le dijo.

—Tienes aspecto de haber dormido mal —observó su madre.

—Estoy bien.

—¿Tienes dinero para el almuerzo?

La misma pregunta cinco veces a la semana.

—Sí, siempre.

—¿Y has hecho todos tus deberes?

—Todos, mamá.

—¿Cuándo te veré?

—Después del cole.

—Ten cuidado. Y acuérdate de sonreír.

A Theo no le gustaba sonreír debido a los gruesos aparatos que cubrían sus dientes, pero su madre estaba convencida de que cada sonrisa hacía de este mundo un lugar más feliz.

—Estoy sonriendo, mamá.

—Te quiero, Teddy.

—Y yo a ti.

Theo siguió sonriendo hasta que salió de la cocina. Masculló entre dientes «Teddy», un diminutivo que detestaba. Agarró su mochila, dio unas palmaditas a Judge en la cabeza, se despidió de él y salió de casa. Atravesó la ciudad a toda velocidad y, al cabo de diez minutos, estaba plantado delante del escritorio de Ike. Theo le había llamado una hora antes, y su tío lo estaba esperando con los ojos enrojecidos y una pinta lamentable.

—Es un desastre —gruñó—. Un completo desastre.

—¿Qué va a pasar ahora, Ike?

Su tío tomó un trago de café de un vaso alto de papel.

—¿Te acuerdas de la exposición inicial de Jack Hogan, cuando prometió al jurado que oirían testificar a su testigo clave, Bobby Escobar? ¿La recuerdas?

—Claro.

—Pues fue un gran error, porque si Bobby no se presenta ante el tribunal, la defensa pedirá que se declare la nulidad del juicio. Y el juez Gantry no tendrá más alternativa que concederla. Un segundo juicio nulo, Theo. Y, ¿sabes qué?, según nuestras leyes, un segundo juicio nulo significa la retirada de los cargos. Es decir, Duffy se librará de la acusación de asesinato. Cumplirá varios años de prisión por huir de la justicia, pero saldrá pronto y podrá disfrutar del resto de su vida en libertad. Eso es lo que va a pasar. Se librará de la acusación de asesinato. Un completo desastre.

A pesar de que Ike llevaba algún tiempo sin mencionar la recompensa económica, Theo sospechaba que pensaba a menudo en ella. No ganaba mucho como asesor fiscal y no podía permitirse ningún lujo. Su coche tenía veinte años de antigüedad. Vivía en un apartamento cochambroso. Su despacho presentaba un aspecto descuidado y caótico, aunque a Theo le encantaba.

Ike parecía especialmente indignado ante la posibilidad de que volviera a declararse un juicio nulo.

—Tienen que encontrar a ese chico —espetó.

Theo no pensaba contarle a nadie que tenía el número de teléfono de Bobby. Tampoco es que fuera a servir de mucha ayuda. Estaba bastante seguro de que Bobby, dondequiera que estuviese escondido, no contestaría una llamada procedente de su móvil.

—¿Cuándo le dirán al juez Gantry que el testigo clave ha desaparecido? —preguntó.

—¿Quién sabe? Si yo fuera Jack Hogan, lo mantendría en secreto el mayor tiempo posible y desearía con todas mis fuerzas que lo encontraran cuanto antes. Hogan tiene un montón de testigos a los que puede llamar a declarar antes que a Bobby, así que seguramente seguirá adelante como si no pasara nada. Pero si no lo han encontrado para mañana, todo habrá acabado. Claro que no lo sé con certeza, solo estoy especulando.

—Y no hay nada que podamos hacer, ¿verdad?

—Pues no —espetó Ike—. Lo único que podemos hacer es esperar.

—Muy bien. Ahora tengo que marcharme a la escuela. ¿Vas a ir al tribunal?

—Por supuesto. No me lo perdería por nada del mundo. Te llamaré durante el primer receso.

Julio lo esperaba junto a los soportes para bicicletas. Mientras se dirigían a clase, hablaron durante unos minutos en susurros. Bobby no había dado señales de vida. Tampoco contestaba al teléfono.

—Estoy seguro de que la policía lo está buscando por todas partes —dijo Theo—. Tal vez lo encuentren.

—¿Crees que estará bien?

—Claro que estará bien —respondió Theo, aunque no tenía ni idea.

—Lamento haber dicho que todo era culpa tuya, Theo. No era mi intención.

—No pasa nada. ¿Nos vemos a la hora del almuerzo?

—De acuerdo.

20

A las nueve de la mañana, cuando Theo se sentó en la clase de español de madame Monique, miró el reloj de la pared y se preguntó qué estaría ocurriendo en el tribunal. Acababa de empezar la segunda jornada del juicio. La sala volvería a estar abarrotada. Habrían hecho entrar al jurado para que escuchara a la siguiente ronda de testigos de la acusación. Todo parecería estar bien. Nadie, salvo Jack Hogan y su equipo, conocería la verdad: su testigo estrella había desaparecido.

Una hora más tarde, mientras soportaba como podía la clase de geometría de la señorita Garman, no paraba de pensar en Bobby Escobar. Estaría escondido en algún bosque en los alrededores de Weeksburg, desde donde vería pasar los coches de policía que lo buscaban frenéticamente. Bobby había conseguido viajar desde El Salvador hasta Strattenburg, atravesando todo México y cruzando la frontera sin que lo pillasen. Theo se preguntaba a menudo cómo millones de personas lograban entrar ilegalmente y sobrevivir en el país. Debían de conocer todos los secretos necesarios para moverse en las sombras y evitar a las autoridades.

Si Bobby quería que no lo encontraran, nunca lo hallarían.

Había un descanso de diez minutos entre la clase de geometría y la de gobierno con el señor Mount, y Theo salió corriendo al patio para llamar a Ike. Pero no respondió al teléfono. Debía de estar presenciando el juicio y no podría hablar ni enviar mensajes.

Durante la hora de gobierno, Theo se plantó delante de la clase e hizo un resumen de la sesión inaugural. Puesto que sus compañeros habían asistido a la primera vista del juicio anterior, tenían un montón de preguntas que hacerle. Theo respondió de buen grado a todas sus dudas.

Ike llamó por fin al mediodía, durante la pausa para el almuerzo. Dijo que la mañana había ido tal como estaba previsto, sin que se hiciera ninguna mención al testigo desaparecido. Jack Hogan no se lo había contado a nadie, y el juez Gantry parecía totalmente ajeno a lo ocurrido. En cambio, Clifford Nance y su equipo de la defensa se veían mucho más confiados y tranquilos que el día anterior.

—Lo saben —afirmó Ike—. Algo me dice que lo saben.

Pero Theo no estaba tan seguro. En ocasiones su tío tendía a exagerar.

Fue a buscar a Julio y le explicó cómo iba el juicio. Julio sugirió que llamasen a Bobby con el teléfono de Theo, pero este dijo que no era buena idea.

—Bobby es demasiado listo para responder al móvil, Julio.

Después del almuerzo, el tiempo pareció transcurrir más despacio que nunca. Theo tuvo que soportar la clase de química, la hora de estudio y las prácticas del equipo de debate. Cuando a las tres y media sonó el timbre que marcaba el final de las clases, montó en su bici y salió disparado en dirección a los juzgados.

Resultaba extraño presenciar el juicio como si no pasara nada, aunque sabiendo que todo aquello iba a acabar de un modo abrupto e impactante. Los miembros del jurado escuchaban atentamente las declaraciones de los testigos. Los abogados tomaban montones de anotaciones, revisaban sus documentos e interrogaban por turnos a los testigos. El juez Gantry presidía la vista con aire solemne, tomando las decisiones oportunas sobre las protestas de los letrados. La taquígrafa judicial tomaba nota de cuanto se decía ante el tribunal. Los secretarios trajinaban con los papeles para controlar que todo estuviera en orden. El público no perdía detalle de lo que ocurría, cautivado por la tensión dramática del momento. Rodeado por sus abogados, el acusado, Pete Duffy, permanecía impasible.

Jack Hogan y el equipo de la fiscalía daban la impresión de estar un poco nerviosos, pero Theo no percibía que la parte de la defensa se mostrara más confiada de lo habitual. Todo parecía tan normal como cabía esperar durante la celebración de un juicio tan importante.

El último testigo de la jornada era un banquero. Jack Hogan le hizo una serie de preguntas destinadas a exponer el estado de las finanzas y los préstamos de Pete Duffy. El propósito era demostrar que el acusado se encontraba en serios apuros económicos. Eso justificaría la necesidad de cobrar el seguro de vida por fallecimiento y constituiría un móvil para cometer el asesinato. Theo no entendía muchas de las cosas que decía el banquero, y su testimonio no tardó en hacerse tedioso y aburrido.

Mientras escuchaba, Theo observó al juez Gantry y sintió una mezcla de tristeza y rabia. Estaba triste porque el magistrado presidía aquel importante juicio pensando que todo iba como debía, sin tener ni idea de los graves problemas que se cernían a la vuelta de la esquina. Y estaba furioso porque el juicio no iba a llegar a ninguna parte, y Pete Duffy volvería a librarse de una condena por asesinato. Estaba seguro de que la policía estaba peinando hasta el último rincón de Weeksburg, en una búsqueda contra reloj para localizar a Bobby antes de que se produjera el desastre. Pero ¿qué pasaría si lo encontraban? ¿Podrían arrestarlo, llevarlo ante el tribunal y obligarlo a declarar? Theo no creía que eso fuera posible.

A las cinco y cuarto, el juez Gantry suspendió la sesión y envió al jurado a casa. Theo y Ike charlaron durante un momento a las puertas del juzgado. Al otro lado del césped, Omar Cheepe fumaba un cigarrillo y hablaba por teléfono mirando fijamente a Theo. Ike le prometió llamarlo si se enteraba de algo y se despidieron. El chico pedaleó lentamente de vuelta al bufete. Se encerró en su despacho y se tumbó en el suelo para contarle a Judge lo mal que estaban las cosas. Como siempre, el perro lo escuchaba atentamente. Miraba a su dueño con ojos ansiosos y creía firmemente en cada una de sus palabras, dispuesto a ayudar en lo que hiciera falta. Siempre sentaba bien hablar con alguien, aunque fuera un perro.

La señora Boone se encontraba todavía en su despacho con una clienta de última hora. El señor Boone estaba en el piso de arriba, revisando la redacción de un extenso documento.

—¿Tienes un minuto, papá? —lo interrumpió Theo.

—Claro. ¿Qué te ronda por esa cabecita?

—No te lo vas a creer: Bobby Escobar ha desaparecido.

El señor Boone lo miró estupefacto. Theo le contó el resto de la historia, incluido que tenía el número del móvil de Bobby.

Era martes por la noche, y los Boone caminaron las pocas manzanas que separaban el bufete del albergue social de Highland Street para ayudar a los más desfavorecidos. Como de costumbre, Theo se encargó de servir la comida: sopa de verduras caliente y sándwiches. Muchas de las caras le resultaban familiares, gente desdichada que trataba de sobrevivir sin un techo bajo el que refugiarse. Dormían en los bancos del parque, debajo de los puentes o en maltrechas tiendas de campaña medio escondidas en los bosques. Rebuscaban en los contenedores y mendigaban por las calles. Los más afortunados, unos cincuenta en total, vivían en el albergue. Sin embargo, después de cenar, la mayor parte regresaban lentamente a la oscuridad. Algunos tenían problemas con las drogas y el alcohol. Otros sufrían enfermedades mentales. Trabajar como voluntario siempre hacía que Theo tomara conciencia de lo afortunado que era.

Después de servir a todo el mundo, Theo, sus padres y los demás voluntarios tomaron un bocado rápido en la cocina. Algunos se pusieron a lavar los platos y a recoger las sobras. Ellos tres se fueron a cumplir con sus cometidos. La señora Boone subió a una pequeña sala del piso de arriba para atender a sus clientas. El señor Boone se instaló en una mesa en un rincón y empezó a revisar los formularios de asistencia médica de una pareja de ancianos.

Theo estaba ayudando con las matemáticas a un niño de cuarto curso cuando su móvil vibró. Era Julio. Se excusó y salió fuera para contestar la llamada. Julio le explicó que acababa de hablar con Bobby. Estaba oculto en un campo de manzanos bastante alejado de la ciudad, en un viejo almacén donde vivían otros trabajadores indocumentados. La policía había pasado por allí una vez, pero esa gente sabía cómo evitarla. Bobby trataba de conseguir un billete para viajar a Texas, donde cruzaría la frontera con México y regresaría a su país.

—¿Le has dicho que no puede irse porque tiene que testificar mañana? —preguntó Theo, aunque ya sabía la respuesta.

—No, yo no lo he hecho, pero Bobby está decidido a marcharse.

Más tarde, cuando ya estaban en casa y Theo se preparaba para acostarse, les contó a sus padres lo de la llamada telefónica.

—Bueno —dijo el señor Boone—, parece que mañana va a ser un día muy movidito en el tribunal.

—Creo que yo debería estar allí —repuso Theo.

A pesar de repetirse una y otra vez que no tenía ningún interés en el juicio y que no le importaba lo que pasara, no podía negar la realidad.

—¿Y eso por qué? —preguntó su madre.

—Vamos, mamá. ¿Por qué no podéis reconocer que a ti, a papá y a todos los abogados de esta ciudad os gustaría estar en la sala cuando Jack Hogan se vea obligado a anunciar que su testigo clave ha desaparecido? Eso sí que será un espectáculo. Clifford Nance se pondrá como loco, saltará para exigir que se declare la nulidad del juicio. Los abogados se enzarzarán en una gran pelea, con todo el mundo gritando y todos conmocionados ante lo que sucede. Os encantaría presenciarlo.

—Mañana estoy muy ocupada, Theo, y tú también. Ya has faltado bastante a la escuela y...

—Lo sé, lo sé, pero la escuela es un rollo. Estoy pensando en dejarla.

—Te sería un poco difícil entrar en la facultad de Derecho sin acabar antes tus estudios medios —observó su padre sensatamente.

—Buenas noches —dijo Theo, abatido, encaminándose hacia la escalera con Judge pegado a sus talones.

Se encerró en su habitación, se tumbó en la cama y se quedó mirando al techo. Solo quedaba una cosa por hacer. Llevaba toda la tarde pensando en ello. Su idea era enviar un último mensaje a Bobby, una súplica desesperada para que hiciera lo que debía. Estaba convencido de que podría hacerlo sin que lo pillaran. De hecho, Bobby no se lo contaría a nadie: lo más probable es que en esos momentos estuviera oculto en la parte trasera de un camión lleno de cajas de manzanas, atravesando el país con rumbo a Texas.

O quizá no fuera así. Tal vez todavía seguía escondido y su único medio de contacto fuera el móvil.

Theo abrió el portátil y escribió un mensaje: «Hola, Bobby. Soy Theo. El juicio está a punto de acabar. Mañana será un día muy importante. Te necesitamos aquí. Estarás a salvo y lo harás muy bien ante el tribunal. Por favor, vuelve. Tu amigo, Theo».

Cogió un diccionario de español y empezó a traducir. Madame Monique decía siempre que los estudiantes de idiomas cometían el error de traducir los textos palabra por palabra. Sin embargo, en ese momento no tenía otra elección. Se afanó durante media hora, consciente de que su traducción estaba llena de pequeños fallos. Luego tecleó el mensaje en su móvil. Dudó, sabiendo que lo que iba a hacer estaba mal, pero de todas formas lo envió.

Después de dar vueltas en la cama durante una hora, nervioso y agitado, finalmente se durmió.

21

Theo se despertó sintiéndose muy descansado, listo para afrontar el día. Mientras se duchaba, pensó en Bobby, pero consiguió alejar cualquier pensamiento relacionado con el juicio.

Mientras se vestía, pensó en Jack Hogan, pero consiguió alejar cualquier pensamiento relacionado con el juicio.

Mientras preparaba los dos tazones de cereales, pensó en Pete Duffy, pero consiguió alejar cualquier pensamiento relacionado con el juicio.

Mientras se dirigía en bicicleta a la escuela, cruzó por Main Street y vio el edificio de los juzgados en la distancia, pero consiguió alejar cualquier pensamiento relacionado con el juicio.

Mientras escuchaba a madame Monique explicando los adjetivos en español, pensó en el último mensaje que le había enviado a Bobby. Por supuesto, no había obtenido respuesta. Pero consiguió alejar cualquier pensamiento relacionado con el juicio.

Mientras estaba en clase de geometría, soñando despierto con la próxima salida de acampada, alguien llamó a la puerta y abrió. La señora Gladwell entró con expresión muy seria. Haciendo caso omiso de la señorita Garman, miró directamente a Theo y le dijo:

—Theo, acompáñame, por favor.

Cuando se encaminaba hacia la puerta, sintió que el corazón y los pulmones se le encogían, y que las rodillas le flaqueaban. Fuera, en el pasillo, lo esperaban los agentes Bard y Sneed. Ninguno de los dos sonreía, y Theo sintió que se le helaban las manos y las muñecas a la espera de ser esposado.

—Acabo de hablar con el juez Henry Gantry —dijo la señora Gladwell—, quiere verte en su despacho inmediatamente. Ha enviado a estos dos agentes para conducirte a los juzgados.

Theo no podía pensar, no podía hablar. Lo único que podía hacer era estar allí plantado, como un crío asustado que solo quería que sus padres fueran a rescatarlo.

—Claro —acertó a decir finalmente—. ¿Qué ocurre?

Pero ya lo sabía. De algún modo habían descubierto los dos mensajes que había enviado a Bobby y lo iban a acusar de coacción a un testigo. El juez Gantry estaría hecho una furia. Clifford Nance exigiría que lo arrestaran. Theo estaba acabado. Iría directo al Centro de Detención Juvenil.

—Vámonos —dijo Bard.

Mientras avanzaban por el pasillo, Theo se sintió como un hombre conducido a la silla eléctrica, a la cámara de gas o ante el pelotón de fusilamiento. A menudo se asombraba de lo rápido que corrían los rumores por la escuela, así que no se sorprendió cuando vio a varios profesores chismosos asomados a las puertas de sus aulas para curiosear. En el vestíbulo de entrada, varios estudiantes de séptimo estaban colgando algunos trabajos manuales en un tablón de anuncios. Se detuvieron y contemplaron boquiabiertos cómo se llevaban al prisionero. Junto a la acera esperaba un coche patrulla blanco y negro, con todos sus distintivos, luces y antenas.

—Sube detrás —dijo Sneed.

Theo montó y se hundió en el asiento posterior. Apenas veía por la ventanilla cuando el coche empezó a moverse, pero se giró y miró hacia la escuela por la luna trasera. Había un montón de estudiantes asomados a las ventanas, observando cómo se llevaban al joven Theodore Boone, quien iba a enfrentarsea la furia del sistema de la justicia criminal.

Al cabo de unos minutos de absoluto silencio, Theo preguntó:

—Bueno, chicos, ¿qué pasa?

—El juez Gantry te lo explicará todo —respondió Bard, que iba conduciendo.

—¿Puedo llamar a mis padres?

—Claro —dijo Sneed.

No obstante, en vez de a sus padres, llamó a Ike. Cuando este respondió, Theo dijo:

—Hola, papá, soy Theo. Verás, estoy yendo de camino al tribunal para ver al juez Gantry.

—Vale —contestó Ike—, yo estoy delante de los juzgados. Ha habido un receso y el jurado aún no ha regresado. Todo ha transcurrido con bastante normalidad, pero sospecho que Jack Hogan va a tener que revelar finalmente que Bobby Escobar ha desaparecido. Las cosas se están poniendo muy tensas.

«Dímelo a mí», pensó Theo.

—Bueno, llegaré dentro de un minuto. Creo que será mejor que avises a mamá.

—Lo haré.

Aparcaron detrás del edificio y entraron por una puerta trasera. Para evitar ser vistos, cogieron un viejo ascensor hasta el segundo piso y caminaron a toda prisa hasta llegar a la antesala de las dependencias del juez Gantry. El lugar estaba lleno de abogados: Jack Hogan y sus asesores y todo el equipo de la defensa. Hogan y Clifford Nance estaban en una esquina, hablando en susurros de algún asunto que parecía de enorme trascendencia. Todos callaron cuando vieron entrar a Theo con los dos policías y dirigirse a la puerta del despacho principal.

Dentro esperaba el juez Gantry, completamente solo. Dijo a Bard y Sneed que podían retirarse, y saludó a Theo. No parecía especialmente enojado, más bien tenso.

—Siento molestarte de esta manera, Theo, pero ha ocurrido un suceso de crucial importancia. Al parecer, Bobby Escobar ha desaparecido. ¿Sabes algo al respecto?

A esas alturas, Theo ya no estaba seguro de lo que estaba bien y lo que estaba mal, pero no podía cambiar lo que había hecho. Además, confiaba en el juez Gantry.

—Sí, señoría. Su primo, Julio Pena, me llamó el lunes hacia medianoche y me contó que acababa de hablar con Bobby. Me dijo que se había escapado del motel y que estaba escondido.

—¿Así que lo sabes desde el lunes por la noche?

—Sí, señoría. No estaba seguro de lo que debía hacer. Ya sabe, no soy más que un niño.

—¿Se lo has contado a tus padres?

—Ayer por la mañana se lo conté a Ike, y por la tarde a mis padres. Confiábamos en que encontraran a Bobby y todo se solucionara.

—Pues no lo han encontrado. ¿Tienes alguna idea de dónde puede estar?

—Anoche llamó a Julio y le explicó que estaba escondido en un campo de manzanos en las afueras de Weeksburg. Le dijo que planeaba viajar hasta Texas para cruzar la frontera. Luego Julio me llamó y me lo contó todo.

El juez Gantry se quitó las gafas y se frotó los ojos. Estaba sentado detrás de su impresionante escritorio, en mangas de camisa y con corbata. Theo estaba sentado frente a él en una silla, los pies apenas le llegaban al suelo. Se sentía muy pequeño.

—Hay algo más —dijo sacando su móvil.

Buscó los dos mensajes que le había enviado a Bobby y le pasó el teléfono al juez Gantry. Este echó una ojeada a los textos y se encogió de hombros.

—Están en español. ¿Los escribiste tú?

—Me ayudaron a traducir el primero, pero yo escribí el segundo.

—¿Y qué ponen?

—Solo le dije a Bobby que hoy era un día muy importante. Que tenía que presentarse ante el tribunal, que lo haría muy bien y que estaría a salvo. Eso es todo. No era mi intención coaccionar a un testigo, se lo prometo.

El juez Gantry volvió a encogerse de hombros y deslizó el móvil a través del escritorio.

—Estoy impresionado por tu español.

Theo cogió el teléfono y sintió que todo su cuerpo se relajaba. ¿Nada de esposas? ¿Nada de prisión? ¿Ningún grito por enviar mensajes a un testigo clave? Inspiró profundamente y casi consiguió exhalar todo el aire. Notó cómo se aflojaba un poco el nudo que tenía en el estómago.

—¿Te ha respondido de algún modo?

—No, señoría.

—¿Has hablado con Julio esta mañana?

—No, señoría.

—Bueno, por lo que parece, me enfrento a otro juicio nulo. En su exposición inicial, Jack Hogan le habló al jurado del testimonio de Bobby, pero ahora el chico ha desaparecido. Todavía no puedo creer que la policía dejase que se escapara.

—Cuesta de creer —convino Theo, pero solo porque no se le ocurría otra cosa que decir.

—Será mejor que te quedes por aquí un rato, por si acaso decidiera llamarte. A menos, claro está, que quieras volver al colegio.

—Me quedaré.

El juez Gantry señaló una silla encajada en una esquina entre dos macizas estanterías.

—Siéntate ahí y quédate calladito.

Theo se dirigió rápidamente hacia la silla, tomó asiento y, de pronto, pareció volverse invisible. El juez pulsó un botón del teléfono de su mesa.

—Señora Hardy, haga pasar a los letrados.

Al cabo de unos segundos, la puerta se abrió, y los abogados que aguardaban fuera empezaron a llenar el despacho. El magistrado los condujo hasta una larga mesa de reuniones y tomó asiento a la cabecera. La taquígrafa judicial se sentó cerca de él con su máquina de estenotipia. Cuando todos estuvieron instalados, Gantry dijo: «Vamos a registrar esta reunión», y la taquígrafa empezó a pulsar las teclas.

Después, el juez se aclaró la garganta y empezó:

—Son aproximadamente las diez y media de la mañana del miércoles. El estado ya ha llamado a declarar a todos sus testigos, con la excepción de uno, Bobby Escobar, quien no se ha presentado y, evidentemente, no pudo ser localizado. ¿Está de acuerdo, señor Hogan?

Jack Hogan no se levantó de su asiento. Se le veía claramente molesto y frustrado, pero también resignado ante la derrota.

—Sí, señoría, eso parece.

—¿Señor Nance?

—Señoría, en nombre de mi defendido, Pete Duffy, solicito que el juicio se declare nulo. Mi petición se basa en el hecho de que el fiscal de la acusación, el señor Hogan, prometió en su exposición inicial que presentaría ante el jurado a un testigo ocular, un testigo cuyo testimonio sería muy perjudicial para nuestra defensa y que resultaría crucial para el desenlace del juicio. El jurado estaba en todo el derecho de creer en su palabra; de hecho, todos lo creímos. Desde el lunes por la mañana, el jurado ha estado esperando que la fiscalía llame a declarar a ese testigo. No obstante, ahora parece que el deseo no se va a ver cumplido. Y todo esto ha causado un grave perjuicio a mi defendido, razón por la cual solicito la nulidad del juicio.

—¿Señor Hogan?

—Considero que es una decisión muy precipitada, señoría. Creo que se podría explicar al jurado la nueva situación, a fin de que no tuviera en cuenta los comentarios que hice al respecto en mi exposición inicial. Estaré encantado de disculparme ante el jurado y explicar los motivos de mi actuación. Todo se hizo de buena fe. Hemos presentado pruebas suficientes para condenar al acusado, incluso sin el testimonio de Bobby Escobar. Un segundo juicio nulo significaría la retirada de los cargos por asesinato, lo cual sería una grave injusticia.

—Lamento disentir al respecto, señor Hogan —dijo el juez Gantry—. El daño ya está hecho, y la defensa no tiene posibilidad de contrainterrogar al testigo. Resulta muy injusto para el acusado prometer el testimonio de un testigo tan crucial y que luego este no se presente.

Hogan sacudió la cabeza, y sus hombros parecieron hundirse aún más. A Nance le costó mucho reprimir una sonrisa. Theo no podía dar crédito a su buena suerte: disponía de un asiento en primera fila para presenciar el momento cumbre del juicio por asesinato más importante que se recordara. Absorbía cada palabra sin mover un solo músculo. Nadie parecía haberse percatado de que estaba allí.

—El receso se prolongará hasta la tarde —continuó el juez Gantry—. La búsqueda aún no ha finalizado, puede que recibamos nuevas informaciones. Nos reuniremos aquí a las dos. Hasta entonces no podrán comentar nada de esto a nadie. No quiero que los miembros del jurado sepan lo que está pasando. Doy por concluida la reunión.

Los abogados se levantaron lentamente y se encaminaron hacia la puerta. El juez hizo una seña a Jack Hogan para que no se marchara. Cuando se cerró la puerta y se quedaron solos, le dijo:

—Hay un manzanar a las afueras de Weeksburg. Envíe a la policía para que registren el lugar inmediatamente.

Hogan salió del despacho a toda prisa, y el juez Gantry volvió a sentarse en su silla tras el escritorio. Miró a Theo y dijo:

—Menudo dilema. ¿Qué harías tú en esta situación?

Theo se quedó pensativo un momento. Estaba impresionado por la soledad de aquel trabajo, por la trascendencia de tomar decisiones que afectaban tan profundamente a las vidas de tantas personas. Cuando no soñaba con ser un gran abogado judicial, Theo soñaba con ser un juez sabio y respetado. Ahora, sin embargo, se lo estaba pensando mejor. En esos momentos no quería estar en la piel del juez Gantry.

—Me gusta lo que ha dicho Jack Hogan —afirmó—. ¿Por qué no explicar a los miembros del jurado lo que ha pasado y dejar que decidan basándose en los testimonios que ya han escuchado? Hay un montón de pruebas que apuntan directamente a Pete Duffy.

—Estoy de acuerdo contigo, Theo, pero si lo condenan, la defensa apelará, y el Tribunal Supremo del estado seguramente revocará la sentencia. A ningún juez le hace gracia que revoquen su decisión. Eso significaría que habría que procesar a Pete Duffy por tercera vez, lo cual no sería justo.

—Pero eso nos daría tiempo para encontrar a Bobby Escobar.

—¿Crees en serio que lo encontrarán?

Theo sopesó la pregunta durante un momento.

—No, señoría, no lo creo. A estas alturas ya estará a medio camino de Texas. No puedo decir que lo culpe por ello.

Se oyó un fuerte golpe en la puerta y, antes de que el juez Gantry pudiera responder, la señora Marcella Boone irrumpió en el despacho.

—Henry, ¿dónde está Theo? —preguntó.

—Hola, mamá —respondió Theo saltando de su silla.

—Hola, Marcella —saludó el magistrado poniéndose en pie—. Theo y yo estábamos comentando el juicio.

—Me han dicho que lo habían arrestado —dijo ella.

—¿Arrestado? ¿Por qué? No, solo me está ayudando a considerar una posible moción para declarar la nulidad del juicio. Toma asiento.

La señora Boone respiró hondo y sacudió la cabeza en un gesto de frustración o incredulidad, seguramente de ambas cosas. Por fin consiguió relajarse.

22

La policía rastreó los campos de manzanos de los alrededores de Weeksburg sin éxito. Todos los trabajadores indocumentados en diez kilómetros a la redonda habían desaparecido en los bosques; no había rastro de ninguno de ellos, y mucho menos de Bobby. Hacia el mediodía informaron de las malas noticias a la policía de Strattenburg. Hablaron con Julio y con su madre, Carola: no tenían noticias de Bobby. Interrogaron a su jefe: tampoco sabía nada. La búsqueda había terminado. El testigo se había esfumado.

Theo disfrutó de un agradable almuerzo en Pappy's Deli con sus padres y con Ike. Su padre sugirió que debería volver a la escuela, pero Theo se negó en redondo. Explicó que el juez Gantry lo necesitaba. Cumplía órdenes estrictas del magistrado y debía permanecer en el tribunal por si Bobby decidía dar señales de vida.

—No creo que eso ocurra —dijo Ike masticando uno de los «mundialmente famosos» sándwiches de pastrami.

La señora Boone debía estar en los juzgados a la una, y, por supuesto, el señor Boone tenía asuntos urgentes de los que ocuparse en su despacho. Theo y Ike pasearon arriba y abajo por Main Street para hacer tiempo. Esperaban a que dieran las dos, momento en que los abogados volverían a reunirse con el juez Gantry para que este hiciera lo que parecía impensable: declarar otro juicio nulo.

En un momento dado, Theo comentó:

—Esto..., Ike..., ¿alguna vez piensas en la recompensa?

—Claro —admitió su tío.

—¿Y qué pasará con ella?

—No lo sé. Por una parte, Pete Duffy ha sido capturado y tendrá que cumplir varios años de cárcel por huir de la justicia. Supongo que podríamos reclamar el dinero sobre la base de que ha sido arrestado, extraditado, condenado y enviado a prisión. Pero, por otra parte, el ofrecimiento de recompensa especifica claramente que el dinero será entregado a cualquier persona que aporte información relevante que conduzca a la detención y condena de Pete Duffy por el asesinato de Myra Duffy. Por asesinato, no por fuga y evasión. Así que si se declara otro juicio nulo nos resultará muy difícil cobrar el dinero.

—Entonces se ha acabado nuestra suerte.

—Eso parece. ¿Y tú? ¿Has estado pensando en el dinero de la recompensa?

—De vez en cuando.

—Pues ya puedes olvidarte de él.

Delante del Guff's Frozen Yogurt, pasaron junto a dos miembros del jurado. Los reconocieron por haberlos visto en el tribunal, también por las grandes chapas redondas que llevaban en la pechera con la palabra JURADO. De ese modo, la gente sabía que eran personas importantes y que no se les debía preguntar nada acerca del caso Duffy.

Ike quería café, de modo que pararon en Gertrude's, una antigua cafetería de Main Street que servía unos gofres de pacana «famosos en el mundo entero». Theo se preguntaba a menudo si en todas las poblaciones pequeñas habría locales que se jactaban de ofrecer algún plato de fama mundial. El lugar estaba lleno de rostros familiares, gente a la que no conocía personalmente pero a la que había visto en la sala del tribunal. Todos parecían estar esperando que llegaran las dos de la tarde.

Si ellos supieran...

—Aquí viene mi padre todas las mañanas a desayunar —comentó Theo—. Se sienta en esa mesa redonda de ahí con un grupo de viejos colegas, y comentan los últimos rumores mientras toman tostadas y café. Suena bastante aburrido, ¿no crees?

—Yo también solía sentarme a esa mesa hace ya muchos años —dijo Ike con tristeza, como si recordara algún tiempo pasado bastante mejor que el presente—. Pero no lo echo de menos. Es más divertido alternar por las noches en los bares y jugar al póquer con personajes sórdidos. Los rumores que circulan son mucho más jugosos.

Theo pidió un zumo de naranja, y esperaron. A la una y media, su teléfono vibró. Era un mensaje del juez Gantry:

«Theo, alguna novedad?».

«Lo siento, no.»

«Preséntate aquí en quince minutos.»

«Sí, señoría.»

—Era el juez Gantry —dijo Theo—. Quiere que me presente en sus dependencias dentro de quince minutos. ¿Lo ves, Ike? Necesita mi ayuda para dirimir este asunto tan importante. Ha comprendido que soy un chico brillante y que sé mucho de leyes, y por eso ha decidido confiar en mí en este momento tan crucial.

—Pensaba que era más inteligente.

—Es un genio, Ike. Y los genios nos reconocemos entre nosotros.

—Entonces ¿qué decisión tomarías tú en este asunto?

—Le explicaría la nueva situación al jurado, seguiría adelante con el juicio y confiaría en que la acusación presentara pruebas suficientes para condenar a Duffy.

—La acusación no dispone de pruebas suficientes. Ya se vio durante el primer juicio. Y si ahora no declaras juicio nulo y dictas una condena, la defensa apelará y la revocará. Así que no eres tan buen juez como crees.

—Muchas gracias, Ike. ¿Y tú qué harías?

—Gantry no tiene más alternativa que declarar juicio nulo. Eso es lo que yo haría. Luego le diría a la policía que nos entregara el dinero de la recompensa.

—Pero si tú me has dicho que nos teníamos que olvidar del dinero.

—Es verdad.

A las dos menos cuarto, la señora Hardy condujo a Theo a las dependencias del juez Gantry. Luego se marchó y cerró la puerta tras de sí. El chico tomó asiento y esperó a que el magistrado acabara de hablar por teléfono. Se le veía cansado y frustrado. En el centro de su escritorio, sobre una servilleta, había un sándwich a medio comer junto a una botella de agua vacía. Theo comprendió que el juez Gantry no podía permitirse el lujo de salir a almorzar: seguramente algún payaso le preguntaría por el juicio.

Cuando colgó, dijo:

—Era el sheriff de Weeksburg, un tipo al que conozco bastante bien. No hay ni rastro de nuestro amigo.

—Se ha esfumado, señoría. Bobby vive en las sombras, como muchos trabajadores indocumentados. Sabe cómo desaparecer.

—Creía que tus padres trataban de apadrinarlo y de acelerar el proceso para que pueda obtener la ciudadanía. ¿Qué ha pasado?

—No estoy seguro, pero creo que los documentos fueron rechazados en Washington. Siguen intentándolo, pero las cosas van muy lentas. Aunque supongo que ahora ya no importa: la madre de Bobby está muy enferma, y él quiere volver a El Salvador.

—En fin, seguro que eso le habrá hecho abandonar definitivamente.

—Tengo una pregunta, señoría. Cuando Bobby decidió presentarse como testigo en el primer juicio, usted declaró la nulidad. A la semana siguiente, Bobby fue al despacho de Jack Hogan y prestó declaración formal. Utilizaron los servicios de una intérprete de primera, que siempre hace las traducciones del español en los juicios, y todo fue registrado por un taquígrafo judicial, ¿verdad?

—Correcto.

—Entonces ¿por qué no puede leerse esa declaración ante los miembros del jurado? De ese modo escucharían lo que Bobby tiene que decir y podría finalizarse el juicio.

El juez Gantry sonrió.

—No es tan sencillo, Theo. Ten en cuenta que, cuando alguien es acusado de un delito, tiene derecho a enfrentarse a sus acusadores, a contrainterrogar a aquellos que testifican contra él. Pete Duffy no tuvo esa oportunidad porque sus abogados no estaban presentes en el despacho de Hogan cuando Bobby prestó declaración. Si permitiera que esa declaración se utilizara como prueba, serviría como base para que la sentencia fuera apelada y revocada.

—Supongo que hay que tener muchas agallas para impartir justicia, ¿no?

—Sí, podría decirse así. —El juez Gantry consultó su reloj y frunció el entrecejo. Repiqueteó con los dedos sobre la mesa como si no tuviera ninguna prisa, y luego dijo—: Bueno, Theo, ha llegado la hora. ¿Quieres quedarte o volver a clase?

—Prefiero quedarme.

—Lo imaginaba. —Señaló la misma silla del rincón y Theo volvió a ocupar su sitio. Luego pulsó un botón del teléfono y dijo—: Señora Hardy, haga pasar a los letrados. —La puerta se abrió, y los abogados empezaron a llenar la sala y a sentarse en torno a la mesa. Cuando la taquígrafa estuvo lista, prosiguió—: Son las dos del mediodía, la búsqueda de Bobby Escobar se ha dado por concluida. Se ha presentado una moción de la defensa ante el tribunal solicitando la nulidad del juicio. ¿Algo que añadir, señor Hogan?

A regañadientes, Jack Hogan respondió:

—No, señoría.

—¿Señor Nance?

—No, señoría.

—Muy bien. —El juez Gantry respiró hondo y dijo—: Me temo que no me queda otra elección en este asunto. No sería justo para el acusado proseguir con este juicio sin el testimonio de Bobby Escobar.

En ese momento, el móvil de Theo vibró en su bolsillo. Lo cogió, miró la pantalla y casi se desmaya. Era Bobby.

—¡Señoría, espere!

23

A petición de Bobby, el juez Gantry, Theo y la intérprete se dirigieron en coche desde los juzgados hasta el parque Truman. Cinco minutos después, los tres esperaban junto al tiovivo. Cuando los vio llegar al sitio acordado, Bobby salió de detrás de un enorme seto de boj y se acercó a ellos. Llevaba las botas enfangadas y los vaqueros mugrientos. Tenía los ojos enrojecidos y parecía exhausto.

—Lamento mucho todo esto —dijo en español—, pero estaba muy asustado, no sabía qué hacer.

La intérprete, una joven llamada María, tradujo sus palabras al inglés.

—Bobby —dijo el juez Gantry—, nada ha cambiado desde la última vez que hablamos hace unos meses. Eres un testigo muy importante, necesitamos que expliques ante el tribunal lo que viste.

María levantó una mano.

—No tan deprisa, por favor. Frases cortas.

Después de traducirle a Bobby, el juez Gantry continuó:

—No te vamos a arrestar ni a perjudicar de ninguna manera. Te lo prometo. Al contrario: me aseguraré de que te protejan.

Tras oír las palabras en español, Bobby consiguió esbozar una breve sonrisa.

La noticia de que el testigo había aparecido corrió como la pólvora por el juzgado y por los bufetes de la ciudad. A las tres de la tarde, la sala del tribunal estaba más abarrotada que nunca. Theo y Ike disponían de muy buenos asientos, solo dos filas detrás de la mesa de la acusación. También se les unió Woods Boone, que curiosamente había conseguido librarse de los asuntos tan urgentes que lo aguardaban sobre su escritorio. Al mirar a su alrededor, Theo observó cómo algunos de los abogados más conocidos de la ciudad luchaban para conseguir los mejores asientos.

Pete Duffy fue conducido a la sala y luego a la mesa de los acusados. Se le veía pálido y confuso. Habló con Clifford Nance, que no podía ocultar la irritación y el nerviosismo. No quedaba ni rastro de la confianza y suficiencia que Theo había visto hacía solo una hora.

El alguacil llamó al orden a la sala, y la multitud tardó apenas unos segundos en guardar silencio. Todos los asientos estaban ocupados, y había mucha gente de pie a lo largo de las paredes. El juez Gantry ocupó su lugar en el estrado y ordenó al alguacil que hiciera pasar a los miembros del jurado. Cuando todos estuvieron sentados, el magistrado miró hacia la tribuna y empezó a hablar:

—Señoras y señores del jurado, lamento mucho el retraso. Sé que resulta frustrante tener que esperar durante horas a que los letrados y yo resolvamos ciertas cuestiones, pero es algo que suele ocurrir en todos los juicios. En cualquier caso, estamos preparados para seguir con el proceso. El estado llamará ahora a un testigo, el señor Bobby Escobar, que no habla inglés. Por lo tanto, utilizaremos los servicios de una intérprete jurada. Su nombre es María Oliva, ya he recurrido a ella en juicios anteriores y es muy buena en su oficio. Al igual que los testigos, también ella deberá prestar juramento. Es una manera un tanto incómoda de escuchar un testimonio, pero no tenemos elección. En una ocasión leí un artículo acerca de un tribunal federal de Nueva York donde había intérpretes oficiales en más de treinta lenguas. Supongo que aquí somos más afortunados: solo tenemos que tratar con dos idiomas. En cualquier caso, el relato del testimonio resultará más lento y pausado, pero no vamos a intentar acelerarlo. Les pido que presten mucha atención y sean pacientes. ¿Están los letrados listos para proceder?

Jack Hogan y Clifford Nance asintieron.

María Oliva se puso en pie y caminó hasta el estrado de los testigos. Un alguacil sacó una Biblia y la intérprete colocó la mano izquierda sobre la cubierta. El primero dijo:

—¿Jura solemnemente que traducirá el testimonio de forma fidedigna y precisa, según su leal saber y entender?

—Lo juro.

—Señor Hogan —dijo el juez Gantry—, puede llamar a su siguiente testigo.

Hogan se levantó y anunció:

—El estado llama a declarar a Bobby Escobar.

Se abrió una puerta lateral, y Bobby entró en la sala precedido por un alguacil. Haciendo caso omiso de la multitud, de los abogados y del acusado, el joven avanzó con paso decidido hasta el estrado de los testigos. Ya había estado allí con anterioridad. Una semana antes de que se iniciara el juicio, Jack Hogan había sometido a Bobby a un largo y duro ensayo en una sala de tribunal vacía. Con la ayuda de María encargándose de la traducción, Hogan lo había acribillado a preguntas. Un ayudante del fiscal había interpretado el papel de Clifford Nance, incluso había llegado a gritar a Bobby. ¡Hasta lo llamó mentiroso! Al principio, Bobby se había mostrado muy nervioso e inseguro. Pero conforme avanzaba la jornada empezó a entender en qué consistía el proceso de testificar, especialmente la agresividad del contrainterrogatorio.

Cuando terminó el ensayo, Jack Hogan tenía total confianza en su testigo. Sin embargo, Bobby no estaba tan seguro.

El joven juró decir toda la verdad y tomó asiento. María se encontraba a su lado en una silla plegable con un micrófono de diadema. La sala estaba en completo silencio. Los miembros del jurado aguardaban expectantes.

Theo nunca había visto un ambiente tan tenso en un tribunal. ¡Era impresionante!

Hogan empezó haciendo preguntas sencillas y de manera pausada. Bobby tenía diecinueve años y vivía con su tía y su familia. Era de El Salvador y había llegado a Estados Unidos hacía menos de un año. Había cruzado la frontera de forma ilegal para buscar trabajo, dejando atrás a sus padres y a sus tres hermanos pequeños, que eran muy pobres y apenas tenían para comer. Él no quería abandonar su hogar, pero sabía que no tenía otra elección. Al llegar a Strattenburg encontró trabajo en el campo de golf de Waverly Creek, cortando el césped y haciendo tareas de mantenimiento general, y ganaba siete dólares a la hora. Estaba intentando aprender inglés, pero le costaba mucho: había tenido que dejar la escuela a los catorce años.

Pasaron a abordar el día de autos: era un jueves nublado y desapacible, y el campo de golf estaba bastante tranquilo.

A las once y media, Bobby y sus compañeros pararon durante media hora para la pausa del almuerzo en un cobertizo de mantenimiento medio oculto en el recorrido del Arroyo. Como solía hacer a menudo, Bobby se apartó de los demás y se dirigió a su rincón favorito en un bosquecillo no muy alejado. Prefería comer solo porque así podía pensar en su familia y rezar sus oraciones.

Jack Hogan hizo un gesto con la cabeza a uno de sus ayudantes y en la pantalla apareció una gran foto aérea del hoyo 6 del recorrido del Arroyo. Con la ayuda de un puntero láser, Bobby mostró al jurado el lugar exacto donde se encontraba.

Continuó con el testimonio: estaba a la mitad de su almuerzo cuando vio un carrito de golf que se acercaba a toda velocidad por el sendero asfaltado que bordeaba el campo, y que luego atajaba en dirección a una casa que más adlante se identificaría como la residencia de los Duffy. Un hombre vestido con un suéter negro, pantalón marrón y una gorra de golf granate aparcó cerca del patio de atrás, bajó del carrito y rebuscó en su bolsa de palos. Sacó un guante blanco y se lo puso en la mano derecha. Ya llevaba otro en la mano izquierda. Cruzó el patio, se detuvo ante la puerta y se quitó los zapatos. Según Bobby, el hombre parecía tener mucha prisa. Desde donde estaba sentado bajo los árboles, a una distancia de entre sesenta y cien metros, el chico alcanzaba a ver perfectamente al hombre y la parte trasera de la residencia de los Duffy. En aquel momento, Bobby no pensó nada fuera de lo común, aunque sintió curiosidad por el hecho de que el hombre se hubiera puesto otro guante y hubiera dejado los zapatos en el patio. Muchos de los residentes de Waverly Creek jugaban al golf y no era extraño que pasaran por sus casas por algún motivo. Transcurrieron unos minutos mientras Bobby continuaba con su almuerzo. No tenía reloj ni teléfono móvil, así que no podía precisar la hora. En ese momento no había otros golfistas en el hoyo 6 del recorrido del Arroyo. El hombre salió de la casa, se calzó rápidamente los zapatos, se quitó los dos guantes y los metió en la bolsa de palos. Miró alrededor, no vio a nadie y se alejó a toda velocidad en la misma dirección por donde había llegado. Al cabo de unos minutos, Bobby regresó al cobertizo de mantenimiento. La pausa para el almuerzo había terminado. El supervisor era muy estricto con los horarios, a las doce en punto los hizo volver al trabajo.

Aproximadamente una hora más tarde, Bobby y un compañero arreglaban un aspersor cerca del hoyo 13. Entonces vio llegar al mismo hombre al *tee* de salida del hoyo 14 del recorrido Nueve Sur. Después de mirar alrededor y no ver a nadie, buscó en su bolsa, sacó algo de color blanco y lo arrojó a la papelera. En ese momento, el hombre solo llevaba un guante blanco en la mano izquierda, como suelen llevar los golfistas diestros. Bobby no pudo distinguir qué era lo que había tirado a la papelera, así que al cabo de unos minutos se acercó, rebuscó en su interior y encontró dos guantes, uno de la mano derecha y otro de la izquierda. Explicó que los trabajadores del campo vaciaban las papeleras dos veces al día, y que de forma rutinaria revisaban lo que se había tirado: bolas de golf viejas, *tees*, guantes usados y todo tipo de desperdicios. Bobby se quedó los guantes durante unos días. Cuando se enteró de que aquel hombre era sospechoso del asesinato de su mujer, se los confió a un amigo, y este se los entregó a la policía.

Jack Hogan se acercó a una pequeña mesa situada cerca de donde se encontraba la taquígrafa judicial y cogió una bolsa de plástico. Se la pasó al testigo, le dijo que la abriera y que tocara los guantes que había en ella. Bobby se tomó su tiempo. Cuando estuvo convencido, alzó la cabeza y asintió:

—Sí, estos son los guantes que encontré, los que tiró a la papelera el hombre vestido con un suéter negro, pantalón marrón y una gorra de golf granate.

Y los dejó a un lado.

Prosiguió con su testimonio: poco después de encontrar los guantes, corrió la voz por todo Waverly Creek de que había un montón de policía en una casa cercana al hoyo 6 del recorrido del Arroyo. ¡Habían encontrado muerta a una mujer! Movido por la curiosidad, Bobby volvió al cobertizo de mantenimiento y luego se escabulló hasta el bosque. Cuando divisó de nuevo la parte trasera de la casa de los Duffy, vio al mismo hombre sentado en su carrito de golf, rodeado por varios agentes. Parecía terriblemente afectado mientras los policías trataban de calmarlo.

Jack Hogan preguntó al testigo si conocía de antes a Pete Duffy. Bobby respondió que no. Él y sus compañeros tenían que ser amables con los golfistas, pero no podían hablar con ellos. Acto seguido apareció otra imagen en la pantalla, la de Pete Duffy sentado en el carrito rodeado por policías. Llevaba un suéter negro, pantalón marrón y gorra de golf granate.

Bobby no tuvo problema alguno para identificarlo como el hombre que había entrado en la casa a las once y cuarenta y cinco, hacia la mitad de su almuerzo, y más tarde había tirado los dos guantes a la papelera.

—Señoría —dijo Jack Hogan con gran dramatismo—, solicito que quede constancia en acta de que el testigo ha identificado al acusado, el señor Pete Duffy.

—Que conste en acta —convino el juez Gantry, y echó un vistazo a su reloj. Todo el mundo se había olvidado de la hora: ya eran las cinco y diez. De modo que anunció—: Vamos a hacer un receso de quince minutos.

Bobby llevaba dos horas testificando y necesitaba un descanso. Su testimonio había cautivado a la audiencia, sobre todo porque era muy creíble. Sin embargo, la necesidad de traducir constantemente de un idioma a otro resultaba un tanto agotadora para todos.

—Parece que Henry tiene pensado trabajar hoy hasta muy tarde —comentó Ike.

—Creía que siempre suspendía la sesión a las cinco —dijo Woods, aunque él casi nunca iba por el tribunal.

—Depende —dijo Theo, como si fuera un abogado curtido.

Pete Duffy se levantó para estirar las piernas. Se le veía muy delgado y frágil, con los hombros hundidos. Sus abogados mostraban una expresión taciturna y preocupada. Clifford Nance hablaba en susurros con Omar Cheepe y con Paco, que estaban sentados justo detrás de la mesa de la defensa. Muy poca gente abandonó la sala: nadie quería perder su asiento.

A las cinco y media, el juez Gantry volvió al estrado, pero solo por un momento. Explicó que uno de los miembros del jurado no se encontraba bien y, como ya era muy tarde, se suspendía la sesión hasta las nueve de la mañana del día siguiente. Dio un golpe con su mazo y se marchó. Bobby fue conducido fuera del tribunal por dos agentes.

Theo supuso que lo llevarían a algún lugar seguro y lo vigilarían estrechamente durante toda la noche.

Mientras el público salía lentamente de la sala, el señor Boone dijo:

—Eh, Ike, esta noche vamos a cenar comida china para llevar. ¿Por qué no te vienes a casa y charlamos un rato sobre el juicio?

Ike ya estaba negando con la cabeza.

—Gracias, pero es que...

—Venga, Ike —suplicó Theo—. Tengo muchas preguntas que hacerte.

No podía decirle que no a su sobrino favorito.

24

La mesa de la cocina estaba llena de platos de papel, servilletas y envases de pollo *chow mein*, gambas agridulces, arroz frito, sopa *wonton* y rollitos de huevo, todo procedente del Dragon Lady, el restaurante chino favorito de Theo. Ike usaba tenedor, y Theo también habría querido hacerlo, pero su madre insistía en que comiera como era debido: con palillos. Por su parte, Judge devoraba como un perro sus dos rollitos de huevo.

—Por lo que tengo entendido —estaba diciendo Ike—, el forense no encontró en el cuerpo de Myra Duffy ningún resto procedente de los guantes de piel. Ni fragmentos, ni fibras..., nada. La hipótesis más probable es que Duffy lo limpiara todo cuidadosamente con una toalla o un objeto parecido antes de abandonar la escena del crimen. El guante izquierdo, el que se usa normalmente cuando se juega al golf, estaba más viejo y usado, por lo que pudieron aislar algunas muestras de ADN de los restos de sudor encontrados en el interior. Del derecho no pudieron extraer nada, seguramente porque era nuevo. Solo se lo puso para estrangularla y luego se lo quitó.

—¿Coincide el ADN con el de Pete Duffy? —inquirió la señora Boone.

—Por supuesto que coincide, pero ¿para qué molestarse? El jurado cuenta ahora con el testimonio de un testigo ocular, Bobby, que puede explicar cómo fue todo.

—Entonces ¿el forense no volverá a testificar? —preguntó el señor Boone.

—No lo sé. Hoy estaba en la sala, puede que Hogan lo llame a declarar mañana. Yo no dudaría en hacerlo para ir sobre seguro. Su testimonio añadiría aún más peso al de Bobby.

—¿Cómo ha estado Bobby en el estrado? —quiso saber la señora Boone.

—Ha estado fabuloso —dijo Ike.

—Muy creíble —añadió el señor Boone.

—¿Y tú qué dices, Theo? —le preguntó su madre.

No todos los días le pedían que expresara su opinión legal ante un grupo de adultos, unos adultos que, además, eran expertos en leyes. De modo que tragó saliva con fuerza y meditó bien sus palabras.

—Al jurado le costó unos minutos acostumbrarse a la traducción, a mí también. Hablaban en español muy deprisa, pero supongo que esa es la sensación que tienes siempre cuando no comprendes el idioma.

—Pensaba que tu español era bastante bueno —lo interrumpió Ike.

—No tanto. Al principio no entendía mucho, pero después de unas cuantas preguntas empecé a cogerle el tranquillo. María, la intérprete, es muy buena. Estaba claro que el señor Hogan había practicado con ella y con Bobby. Sus preguntas eran cortas e iban directas al grano, y las respuestas de Bobby también eran escuetas pero sinceras. Y, mientras lo escuchaba, no paraba de preguntarme: «¿Qué ganaría

Bobby mintiendo? ¿Por qué el jurado no iba a creer cada una de sus palabras?». Y tengo la impresión de que lo creyeron.

—Y tanto que lo creyeron —dijo el señor Boone—. Vi sus caras mientras declaraba. No se perdieron ni una de sus palabras, el jurado lo creyó por completo. Pete Duffy va a ser condenado.

—¿Qué ocurrirá mañana? —preguntó Theo.

—La cosa se pondrá muy fea —contestó Ike—. Clifford Nance atacará a Bobby, igual que hizo en su exposición inicial. Despotricará contra los inmigrantes ilegales y acusará a Bobby de haber hecho un trato con la fiscalía: declara contra Duffy a cambio de la promesa de no ser deportado. Me temo que mañana será un día muy duro para Bobby.

Theo tragó saliva y soltó:

—Creo que debería estar allí.

Sus padres casi se atragantan en su intento de hablar el primero.

—Ya puedes olvidarte, Theo —replicó secamente su madre, que siempre iba un paso por delante de su marido.

—Faltaste a la escuela el lunes y casi todo el día de ayer —repuso el señor Boone—. Ya basta.

Theo era consciente de que había veces en que era bueno insistir un poco; pero en otras, la insistencia solo empeoraba las cosas. Decidió que era el momento de la retirada. Sabía que no podía ganar. Sería mejor que aceptara la derrota con dignidad.

Se levantó de la mesa y dijo:

—Voy a hacer los deberes atrasados.

Sus padres lo observaron con aire suspicaz, dispuestos a saltar si se atrevía a mencionar siquiera de nuevo el juicio.

Mientras salía con Judge de la cocina, Theo dijo con voz apenas audible:

—Creo que me estoy poniendo enfermo.

A las ocho menos cuarto de la mañana siguiente, Theo volvía a estar en la cocina, tomando el desayuno y leyendo el diario en el portátil. Su padre ya se había marchado. Su madre estaba en la sala de estar leyendo la anticuada versión en papel del mismo periódico.

El teléfono sonó. Una, dos veces. Nunca sonaba por la mañana. Theo no pensaba contestar, pero su madre gritó:

—¡Theo! ¿Puedes cogerlo, por favor?

Se acercó al aparato, descolgó y dijo:

—Residencia de los Boone.

—Buenos días, Theo —respondió una voz familiar—. Soy el juez Gantry. ¿Puedo hablar con tu madre o con tu padre?

—Claro, señoría. —Por poco añade: «¿Qué diablos pasa?», pero consiguió morderse la lengua. Luego dijo—: Mamá, es para ti.

—¿Quién es? —preguntó, pero descolgó el supletorio de la sala antes de que pudiera contestarle.

Theo fue corriendo hasta el umbral y puso la oreja. La oyó decir: «Ah, buenos días, Henry». Una pausa. «Sí, sí.» Una pausa más larga. «Bueno, Henry, no sé. Ya ha faltado mucho a la escuela esta semana, pero...» Otra pausa mientras su madre escuchaba. Theo notaba cómo se le aceleraba el corazón. «Bueno, sí, Henry. Theo saca muy buenas notas y estoy segura de que no tardaría en ponerse al día. Pero...» Otra pausa. «Bueno, si me lo pones así, Henry, supongo que no es tan mala idea.» El corazón estaba a punto de salírsele por la boca. Luego oyó: «Traje y corbata. Sí, claro. Estupendo, Henry, gracias. Ahora mismo se lo digo». Cuando colgó el teléfono, Theo volvió a toda prisa a su silla y se metió una cucharada de Cheerios en la boca.

La señora Boone entró en la cocina, todavía en bata, pero Theo no le hizo caso. Estaba demasiado concentrado mirando su portátil.

—Era el juez Gantry —dijo.

«No me digas, mamá. Pero si acabo de hablar con él.»

—Dice que hoy necesita un asistente jurídico en el tribunal. Que ayer fuiste muy importante para el desarrollo del juicio y que hoy podrías ser de mucha ayuda para tratar con Bobby.

Theo levantó por fin la vista y dijo:

—Vaya, mamá, no lo sé. Hoy tengo un día muy ocupado en la escuela.

—Quiere que estés allí a las ocho y cuarto, vestido con traje y corbata, como un auténtico abogado.

Theo salió disparado escaleras arriba.

A la hora indicada, siguió a la señora Hardy a las dependencias del juez Gantry.

—Aquí está —anunció la secretaria, dio media vuelta y se marchó.

Theo tomó asiento ante el amplio escritorio y esperó a que el magistrado acabara de leer un documento. Parecía cansado y de mal humor. Al fin dijo:

—Buenos días, Theo.

—Buenos días.

—Pensé que te gustaría estar hoy aquí. Promete ser una jornada muy movida y, puesto que tú eres el principal causante de que pueda celebrarse este juicio, creí que disfrutarías mucho viendo cómo llega a su fin.

—¿A su fin?

—Sí, a su fin. ¿Sabes cuál es la función de un asistente jurídico, Theo?

—Más o menos. Creo que se encargan de hacer tareas de investigación para los jueces y cosas así.

—Esa es parte de su trabajo. De vez en cuando utilizo a algunos asistentes. Por lo general son estudiantes de Derecho que están en casa por vacaciones. Con frecuencia causan más problemas de los que ayudan a resolver, pero a veces consigo dar con uno bueno. Me gustan sobre todo aquellos que no hablan demasiado, pero que saben escuchar y prestan mucha atención a todo lo que sucede en el tribunal.

El juez se puso en pie y estiró la espalda. Theo no se atrevía a decir nada.

—Anoche estuve aquí hasta casi las doce —prosiguió—, reunido con los abogados. Han pasado muchas cosas, y quiero saber tu opinión. —Se puso a caminar por detrás de su escritorio. Seguía tratando de enderezar la espalda, como si se le hubiera contraído algún músculo—. Verás, Theo, Myra Duffy tenía dos hijos, Will y Clark. Son dos buenos chicos que ya van a la universidad. Seguro que los has visto en la sala. Han venido todos los días.

—Sí, señoría.

—Su padre murió en un accidente aéreo cuando eran apenas unos niños. Al cabo de unos años, ella se casó con Pete Duffy. Will y Clark se llevaban muy bien con su padrastro. Era muy bueno con ellos, los cuidaba, los llevaba de vacaciones y les pagó la universidad. Naturalmente están muy resentidos y destrozados por lo que le ocurrió a su madre, y su deseo es que Duffy sea castigado con severidad. Pero han decidido que no quieren que sea condenado a la pena capital. Piensan que sería un castigo demasiado duro, ya que, a pesar de lo que hizo, todavía conservan algunos sentimientos hacia su padrastro. Últimamente han estado mucho más unidos a su tía Emily Green, la hermana de Myra, y juntos han tomado una decisión en familia: no quieren la pena de muerte para Duffy. Ayer, después del testimonio de Bobby, quedó bastante claro que el jurado iba a declararlo culpable, así que le pidieron a Jack Hogan que retirara la petición de pena capital. Eso ha puesto a Jack en una situación muy complicada. Como fiscal del estado, tiene la obligación de castigar a los asesinos con toda la fuerza de la ley. Sin embargo, Jack nunca le ha pedido a un jurado que condene a un hombre a morir. Además, siempre deja que la familia de la víctima decida en un asunto tan trascendental. Anoche, Jack Hogan le comunicó a Clifford Nance la decisión de la familia. Hogan también le ofreció un trato: si Pete Duffy se declaraba culpable del asesinato, el estado pediría una condena de cadena perpetua sin posibilidad de libertad condicional. Me lo notificaron, y estuvimos aquí reunidos durante varias horas discutiendo el acuerdo. Eso implica, claro está, que Pete Duffy acabará muriendo en prisión, pero al menos no tendrá que permanecer en el corredor de la muerte a la espera de ser ejecutado. También implica que el caso quedará definitivamente cerrado, y que los letrados no tendrán que seguir peleando durante quince años más, presentando alegaciones y recursos. Como seguramente sabrás, los veredictos de pena capital tardan años en resolverse. En fin..., ahora tengo que decidir si apruebo o no el trato propuesto. ¿Cuál es tu opinión al respecto?

—¿Va a aceptar Duffy el trato y a declararse culpable? —preguntó Theo.

—Aún no lo sé. Seguramente habrá pasado una noche muy, muy larga en su celda. Clifford Nance se inclina a favor de aceptar el trato. Cuando hablamos anoche por última vez, había decidido recomendarle a Duffy que lo aceptara. Cualquier cosa es mejor que esperar en el corredor de la muerte a ser ejecutado.

—Me gusta la idea, señoría —dijo Theo—. Cuando pienso en la pena de muerte, pienso en asesinos en serie, terroristas y traficantes de drogas, gente realmente despreciable. No pienso en personas como Pete Duffy.

—El asesinato siempre es asesinato.

—Supongo, pero ¿volverá Duffy a cometer un asesinato?

—Lo dudo mucho. Entonces ¿estás a favor de que acepte el trato?

—Sí, señoría: tengo ciertos reparos con respecto a la pena de muerte. Con este trato se hace justicia: el hombre recibe su castigo, y la familia queda satisfecha. Me gusta.

—Muy bien. Los letrados llegarán dentro de unos minutos. Quiero que tomes asiento en tu sitio y te mantengas al margen. Ni una palabra, ¿de acuerdo?

—De acuerdo. Pero ¿un asistente jurídico de verdad tendría que esconderse en un rincón?

—Así que quieres sentarte a la mesa de reuniones...

—Pues claro.

—Lo siento. Considérate afortunado de estar aquí.

—Sí, señoría. Y muchas gracias.

25

Reinaba una gran tensión en el ambiente cuando los abogados empezaron a llenar el despacho del juez Gantry. Varios miraron a Theo sentado en el rincón, pero no parecieron hacerle mucho caso. Tenían asuntos mucho más importantes de los que ocuparse. Se colocaron alrededor de la larga mesa de reuniones, abrieron sus maletines, sacaron documentos y cuadernos y finalmente se sentaron. El juez Gantry ocupó su asiento a la cabecera, y la taquígrafa se situó junto a él. A un lado de la mesa se encontraban Jack Hogan y sus asistentes; al otro, Clifford Nance y el equipo de la defensa. Pete Duffy no estaba presente.

—Vamos a registrar esta reunión —dijo el juez Gantry, y la taquígrafa empezó a pulsar las teclas de su máquina—. Señor Nance, la oferta que tenemos sobre la mesa no ha cambiado desde anoche. ¿Ha tomado el señor Duffy alguna decisión?

Clifford Nance tenía aspecto de llevar una semana sin dormir. Siempre vestía trajes caros y era la viva imagen de un abogado judicial con éxito, pero ahora llevaba la camisa arrugada y la corbata torcida.

—Señoría —dijo—, anoche estuve reunido con mi cliente y me he vuelto a reunir con él esta mañana a las seis. Finalmente ha decidido declararse culpable y aceptar el trato.

—Señor Hogan, ¿ha preparado el acuerdo de culpabilidad?

—Sí, señoría. —Uno de sus asistentes sacó un pulcro fajo de documentos y entregó una copia del acuerdo a cada uno de los reunidos en torno a la mesa—. Está todo muy claro, señoría.

Theo ya había oído aquello antes. Su padre decía que cuando un abogado aseguraba que algo «está muy claro», había que echarse a temblar: sin duda sería realmente complicado.

Los abogados leyeron el acuerdo muy despacio. Constaba solo de dos páginas y, excepcionalmente, quedaba todo bastante claro.

El juez Gantry anunció:

—El acusado se declara culpable por un delito de asesinato, y es condenado a cadena perpetua sin posibilidad de libertad condicional. También se declara culpable por un delito de fuga y evasión de la justicia, y es condenado a dos años de prisión, que cumplirá conjuntamente con la cadena perpetua.

—Es correcto, señoría —dijo Hogan.

—He decidido dar mi conformidad a este acuerdo de culpabilidad. Hagan pasar al acusado.

Un ayudante del fiscal se acercó hasta la puerta, la abrió e hizo una señal a alguien que esperaba en la antesala. Pete Duffy entró en el despacho, custodiado por dos agentes uniformados. Llevaba su habitual traje negro. Curiosamente parecía más relajado, hasta consiguió dirigir una sonrisa al juez Gantry. Cuando iba a sentarse junto a Clifford Nance, miró alrededor y vio a Theo. Su sonrisa se desvaneció, y su espalda se puso rígida. Avanzó unos pasos hacia el rincón.

Theo sabía que Duffy no le haría daño, al menos no en ese momento. Sin embargo, su corazón se paralizó durante un segundo. El hombre lo fulminó con la mirada y le dijo:

—Fuiste tú quien me encontró, ¿verdad? En el aeropuerto de Washington. Fuiste tú, ¿verdad?

Theo no contestó. Se limitó a devolverle la mirada sin pestañear.

—Ya basta —gruñó el juez Gantry.

Uno de los agentes agarró a Duffy por el codo y lo condujo hasta la mesa, donde se sentó junto a Clifford Nance. Theo soltó un profundo suspiro de alivio.

—Señor Duffy —prosiguió el magistrado—, aquí tiene las dos páginas del acuerdo de culpabilidad que quiero que lea atentamente.

Duffy no hizo ademán de coger el documento. En lugar de eso dijo:

—Ya sé lo que pone, señoría. No necesito leerlo. El señor Nance me lo ha explicado todo.

—Entonces ¿se declara culpable?

—Sí, señoría.

—Muy bien. Pero antes de aceptar su declaración de culpabilidad tengo que hacerle una serie de preguntas.

El juez Gantry empezó el interrogatorio leyendo de un manual de leyes muy usado. En primer lugar tenía que asegurarse de que el acusado era consciente de lo que estaba haciendo. ¿Había abordado todas las cuestiones con su abogado? Sí. ¿Estaba satisfecho con los consejos que le había dado? Sí. ¿Tenía alguna queja sobre su abogado y el trabajo que había hecho? No. ¿Entendía que iba a pasarse el resto de sus días en prisión? Sí. ¿Que, al declararse culpable, renunciaba a su derecho a apelar? Sí, lo entendía. ¿Que no podría cambiar de opinión después de firmar el acuerdo de culpabilidad? Sí. A continuación, el juez Gantry lo interrogó acerca de su estado mental. ¿Estaba tomando alguna medicación? No. ¿Algo que pudiera enturbiar su juicio? No. ¿Algo que pudiera impedirle tomar una decisión tan importante? No.

Aquello empezaba a resultar un tanto aburrido, y Theo tuvo una gran idea. Con mucho sigilo se sacó el móvil del bolsillo y lo escondió debajo de su muslo. Sin apartar la vista de la espalda del juez, envió un mensaje a Ike: «Estoy con Gantry. ¡¡¡Duffy se ha declarado culpable!!!».

La respuesta llegó al cabo de unos segundos: «Lo sabía».

Típico de Ike. Siempre pensaba que lo sabía todo, independientemente de cuánto supiera en realidad.

De repente, Theo se vio asaltado por un terrible pensamiento: había violado la confianza que el juez había depositado en él. Estaba claro que Gantry no querría que trascendiera nada de aquella reunión, ya que se trataba de un asunto muy serio.

Se apresuró a enviarle otro mensaje a Ike: «Mantenlo en secreto, bocazas».

Ike contestó: «Estoy en el tribunal. Todo el mundo lo sabe ya».

Eso hizo que Theo se sintiera algo mejor. Resultaba muy difícil mantener un secreto en los juzgados y estaba claro que los rumores corrían como la pólvora. En un acto de sensatez, decidió volver a guardarse el móvil en el bolsillo.

Cuando el juez Gantry concluyó su exhaustivo interrogatorio, dijo:

—Muy bien. Queda claro que el acusado, Pete Duffy, es plenamente consciente de sus actos, que ha sido convenientemente aconsejado y que no ha sido coaccionado de ningún modo. Por consiguiente, señor Duffy, lo declaro culpable del asesinato de Myra Duffy, y lo declaro culpable del delito de fuga y evasión de la justicia. Ahora las partes firmarán el acuerdo de culpabilidad.

Mientras el juez hablaba, Duffy se reclinó en su asiento, miró a Theo y sacudió lentamente la cabeza.

Cuando finalizó todo el papeleo, el juez Gantry se levantó.

—Caballeros, ocupen sus puestos en la sala del tribunal. Voy a dirigirme al jurado.

El señor y la señora Boone estaban sentados con Ike entre la multitud, esperando. Todo el mundo parecía estar hablando a la vez, y la enorme y majestuosa sala bullía de expectación. Cuando los abogados hicieron su entrada, la gente se apresuró a ocupar sus asientos. Todas las miradas estaban puestas en Pete Duffy. Avanzó hacia su silla con una sonrisa falsa en los labios, como si no hubiera ningún problema y todo estuviera bien.

Un alguacil se puso en pie y gritó: «Orden en la sala». Al momento, todo el mundo guardó silencio.

Ike se inclinó hacia su cuñada y susurró:

—No veo a Theo.

La señora Boone se encogió de hombros. El señor Boone parecía muy desconcertado. No había rastro del chico por ninguna parte.

El alguacil esperó a que todo el mundo estuviera debidamente sentado y entonces gritó:

—¡En pie ante el tribunal!

Todos se levantaron en el acto. El juez Gantry hizo su entrada en la sala, con la larga toga negra ondeando tras él. Justo detrás del juez apareció su joven asistente jurídico.

Mientras Theo avanzaba hacia el estrado, podía ver la sala completamente abarrotada. Todo el mundo estaba en pie en honor a la tradición, y todos alzaban la vista hacia ellos en señal de respeto. Entonces decidió que, después de todo, tal vez no estaría tan mal ser juez. Se recordó a sí mismo que no debía sonreír: la situación era demasiado importante.

Tras acomodarse en su maciza butaca negra, el juez Gantry dijo: «Por favor, siéntense». Mientras la multitud volvía a ocupar ruidosamente sus asientos, señaló una silla vacía junto al estrado y susurró: «Siéntate ahí, Theo», y él se apresuró a hacerlo. Estaba algo más baja que la del magistrado (que era más parecida a un trono), y desde allí podía ver todos los rostros presentes en la sala. Guiñó un ojo a su madre, pero dudaba que ella lo hubiera captado. Alzó la vista hacia la atestada galería y pensó en sus compañeros de colegio, que ahora estarían muy atareados en clase. Se fijó en que varias personas lo miraban con cara de perplejidad, preguntándose sin duda: «¿Qué hace ese crío ahí arriba?».

—Buenos días —empezó el juez Gantry—. Por favor, haga pasar al jurado.

Un alguacil abrió una puerta, y los miembros del jurado entraron en la sala por última vez. Theo miró hacia la mesa de la defensa y se dio cuenta de que Pete Duffy le estaba dirigiendo una mirada asesina.

«Mala suerte, Pete. Vas a pasar unas cuantas décadas entre rejas. Y tienes suerte de que solo sea eso.»

Cuando los jurados estuvieron instalados en la tribuna, el juez Gantry se dirigió a ellos:

—Buenos días, señoras y señores. Hace solo unos minutos, en mis dependencias, el acusado Pete Duffy se ha declarado culpable de asesinato.

217

Todas las miradas del jurado se clavaron en Pete Duffy, que se estaba examinando las uñas. Se oyeron algunas exclamaciones ahogadas entre la multitud.

El juez Gantry continuó:

—Dentro de más o menos un mes, será condenado por este tribunal a pasar en prisión el resto de su vida, sin posibilidad de obtener la libertad condicional. Así que, en este punto, doy por concluido este juicio. Quiero darles las gracias por haber cumplido con su deber como ciudadanos. Nuestro sistema judicial depende del inestimable servicio prestado por personas como ustedes, que, aunque no son voluntarios, aportan su valioso tiempo de forma desinteresada. Han sido un magnífico jurado, alerta, atento y siempre dispuesto a servir. Por eso les doy las gracias. En este momento pueden retirarse.

Los miembros del jurado se quedaron muy sorprendidos. Algunos parecían desconcertados. De repente, todos se mostraron deseosos de abandonar la sala cuanto antes.

Acto seguido, el juez miró a Pete Duffy y dijo:

—El acusado permanecerá bajo la custodia del sheriff del condado de Stratten hasta nueva orden. —Dio un golpe con el mazo y anunció—: Caso cerrado.

Cuando abandonaban el estrado, el juez Gantry posó una mano sobre el hombro de su asistente y dijo:

—Buen trabajo, Theo. Y ahora, sal pitando hacia la escuela.

26

Una semana más tarde, Theo estaba en su despacho tratando de concentrarse en las tareas escolares. Mientras oía la lluvia golpeando en la ventana, pensaba en lo aburrida que era la vida desde que había acabado el juicio de Duffy. En ese momento, su madre abrió la puerta.

—Theo, ¿puedes venir un momento a la sala de conferencias?

—Claro, mamá.

Sabía que estaban celebrando una reunión allí, pero Theo no tenía mucho que decir al respecto. Entró en la sala, saludó a Ike y estrechó la mano al sheriff Mackintosh. Sus padres también se encontraban allí. Antes de ir a buscarlo, los adultos ya llevaban un tiempo juntos.

El sheriff explicó que, en su opinión, Theo era merecedor de los cien mil dólares íntegros de la recompensa. Fue él quien avistó a Pete Duffy, no una, sino dos veces. Fue él quien demostró la rapidez suficiente para grabar el vídeo. Luego se lo contó a Ike y sucedió todo lo demás. También fue a él a quien el FBI reclutó para seguir el rastro de Duffy.

Theo estaba totalmente de acuerdo con todos esos argumentos. El problema era que sus padres no eran de la misma opinión.

—Sí, sheriff —dijo el señor Boone—, ya sabemos todo eso y estamos muy orgullosos de Theo. Pero, como ya hemos dicho antes, nuestro hijo no sabría qué hacer con tanto dinero. Ni ahora ni más adelante.

—Además, tuvo ayuda —añadió la señora Boone—: Ike lo dejó todo y fue a Washington para apoyar a Theo. Creemos sinceramente que también él debería recibir parte de la recompensa.

Ike quería que el dinero se repartiera a medias entre él y su sobrino, pero era algo que nunca admitiría en voz alta.

El señor y la señora Boone habían sugerido con anterioridad que, por razones obvias, Bobby Escobar debería recibir la mitad de la recompensa. Sin su testimonio, no se habría podido presionar a Pete Duffy para que se declarara culpable. Y si alguien necesitaba el dinero, ese era Bobby.

El señor Boone propuso que Theo recibiera veinticinco mil dólares, que irían a parar a un fideicomiso para pagar los gastos de la universidad. Ike cobraría otros veinticinco mil, en efectivo. Y Bobby recibiría cincuenta mil dólares en otra cuenta en fideicomiso, que sería controlada por el señor Boone. El dinero sería supervisado por el tribunal para que se gastara de forma juiciosa.

Theo no entendía nada acerca de fideicomisos. Lo único que sabía era que sus padres se encargarían de manejarlo todo. En otras palabras: no podría tocar el dinero. Tampoco estaba muy contento con la repartición. Por un lado, no iba a ver un solo centavo. Y por otro, estaba claro que Bobby se merecía una parte, pero... ¿la mitad?

Aun así, Theo no se veía con ánimos para discutir con sus padres. No quería parecer avaricioso ni tampoco que le quitaran parte de su dinero a Bobby.

A Ike tampoco le había hecho mucha gracia el reparto, aunque veinticinco mil dólares eran mucho más de lo que tenía hacía solo un mes. Dos días atrás, en una reunión a la que Theo no fue invitado, había discutido con su hermano y con Marcella sobre cómo repartir el dinero. Quería más para él y para Theo, y menos para Bobby. Pero el señor y la señora Boone no habían dado su brazo a torcer.

El sheriff le preguntó a Ike:

—¿Está de acuerdo con el reparto, señor Boone?

—Claro —respondió él.

Lo que fuera. Ya estaba harto de discutir.

—¿Y tú, Theo? ¿Estás de acuerdo?

—Por supuesto —dijo, aunque en realidad no tenía voz ni voto.

En un estrecho callejón situado detrás del bufete había aparcada una camioneta todoterreno. En su interior se encontraban Omar Cheepe y Paco. Sobre el salpicadero del vehículo había un receptor con el altavoz encendido. Mientras escuchaban lo que decían los Boone y el sheriff, Omar y Paco sacudían la cabeza con incredulidad.

—Ahora ya lo sabemos —dijo Omar—. Había sospechado de ese chaval todo el tiempo, y Pete estaba seguro de haberlo visto con el pirado de su tío en el aeropuerto. Ahora ya lo sabemos.

—Pero ya es demasiado tarde, ¿no? —dijo Paco.

Omar sonrió.

—Paco, Paco... ¿No sabes que nunca es demasiado tarde para la venganza?